JN228361

内田樹

Uchida Tatsuru

そのうち なんとか なるだろう

マガジンハウス

そのうちなんとかなるだろう

目次

離婚、そして父子家庭

無理な決断はするな

コラム

編集協力 NewsPicks
長山清子
装丁 トサカデザイン（戸倉巌、小酒保子）
撮影 村山良

第1章

生まれたときから、嫌なものは嫌

小学校で登校拒否

下丸子という町

生まれたのは１９５０年、東京の大田区下丸子です。

家族は父と母と2歳上の兄が一人。

父は明治45年生まれ、母は大正15年生まれの人でしたが、いまや父も母も亡くなり、兄も２０１６年の８月に67歳で亡くなり、下丸子時代の内田家の日々を記憶して、物語ることができるのは僕一人になりました。

下丸子は、目蒲線（現・東急多摩川線）の沿線、東京の南東のはずれ、多摩川沿いの工場街です。戦前には、三菱重工や日本精鋼所のような巨大な軍需産業の拠点がこの地域にあり、下請け、孫請けの中小の町工場がそれを取り囲むように下丸子から蒲田に至るエリアに拡がっていました。工場労働者のためのアパートがあり、彼らを客にする歓楽街がありました。軍需工場が集中していたわけですから、当然ながら、B29による空襲の恰好の目標となり、戦争が終わったときには一帯はみごとに焼き尽くされていました。

父は大陸から身一つで戻ってきて、東京で母と出会って結婚して、兄が生まれ、その二年後に僕が生まれました。戦争が終わって五年後のことです。焼け野原にぽつぽつと家が建ち始め、再び町工場が機械を動かし始めたころに、父は鶴見（神奈川県横浜市）にあった建設機械のメーカーにつてを頼って就職し、父母は通勤に近くて、家賃が安いという理由で下丸子の六所《ろくしょ》神社の境内の借地に移り住み、その六畳と三畳と台所だけの小さな家で僕は生まれました。

僕を懐妊していた母が乳呑み児だった兄を抱いて、それまで住んでいた旗の台（品川区）の借り間から下丸子の一戸建てに引っ越してきたとき、移動手段は馬が曳《ひ》いた大八車だったそうです。戦争が終わって五年後の東京というのは、まだそういう場所だったのです。

家の前には菜の花畑や麦畑がありました。そこが子どもたちの遊び場でしたけれど、その「原っぱ」は里山のそれのような手触りの優しいものではありませんでした。そこは焼けたガラスの破片や、焦げたセメントや、陥没したタイル張りの地下室を雑草が無遠慮に覆っている場所でした。子どもが遊ぶにはずいぶん危険な場所でしたけれど、誰も止めませんでした。親たちは生活するのに忙しくて、子どもたちのことなんか、構っていられなかったし、空き地の所有者たちだって、そこを整地したり、塀で囲ったりするだけの資力も意欲もなかったのです。

後年、宮崎駿《はやお》監督の『天空の城 ラピュタ』の中に、科学の粋を集めて建設されたはずの天空の城が、久しくそこに住む人もいないまま放置され、そこに植物が繁茂する風景が出てきました。僕はそこにつよい既視感を覚えました。もしかしたら、それが宮崎監督にとっての少年期の原風景かなと思ったのです。


下丸子には17歳まで暮らしました。東京にいる間にもっとも長く暮らしたのはこの町です。ですから、僕が「故郷の町」を選ぶとしたら、ここの他にはありません。けれども、じゃあ、その町に対して「郷土愛」を持っているかと訊かれたら、答えは「ノー」です。たしかにその町で僕は育ったわけですけれど、その町に「育てられた」というような感懐はありません。そこはふつう人々が「ふるさと」というときに思い浮かべるような「手がかり」が何もなかったからです。

以前、鷲田清一《わしだきよかず》、江弘毅《こうひろき》という関西生まれの文化人二人を相手にラジオ番組で話をしたことがありました。そのときに東京と関西の文化のクオリティの違いに論が及びました。そのとき、お二人がそれぞれに「生まれた町からの文化的な贈り物」について誇らしげに語るのを聴いて、一緒に番組に出ていた同郷の平川克美くんともども絶句した覚えがあります。

クオリティが高いも低いも、僕たちが生まれ、育った東京の南西部の工場街には、よそと比較して誇れるような「文化」的なものが何一つなかったことを思い知らされたからです。

僕たちの「ふるさと」には、守るべき祭りも、古老からの言い伝えも、郷土料理も、方言さえもありませんでした。哀しいほどの文化的貧困のうちに僕たちは育ったのでした。

小津安二郎は下丸子を舞台に映画を一本撮っています。『お早よう』という1959年の映画です。そこには僕の子ども時代の多摩川の河原やガス橋の遠景がそのままのかたちで焼き付けられています。僕はこの映画の中の風景には今も胸が熱くなります。下丸子という地名を多少とも「文化」的文脈のうちで語れる、この映画が唯一の手がかりだからです。

「嫌」に理由はいらない

子どものころから好き嫌いがはっきりしていて、「嫌なものは嫌」で、これは親や教師が威《おど》してもすかしても絶対に譲ることがありませんでした。いったん「嫌だ」となると、殴られようと叩かれようと（うちは体罰がほとんどない家でしたが）、みじんも動じない。

よく、駄々をこねたり、わがままを言ったりということを、大人から有利な条件を引き出すためのネゴシエーションに使う子どもがいますけれど、僕のはそうではありません。

ふだんはほんとうにおとなしくて、親の言うことを「はいはい」と素直に聞く子どもでした。でも、嫌なことについては、逡巡なく「嫌」と答える。僕が「嫌だ」というのは、よほどのことですから、一度「嫌だ」と言い出したら、もう絶対に引かない。

子どものときからこの歳まで、ずっとそうです。一回「嫌だ」と言ったことをあとで撤回したことは、我が人生で一度もないんじゃないでしょうか。

親も僕のそういうかたくなさを早い段階から知って、「樹《たつる》が『嫌だ』と言い出したら、もう諦めたほうがいい」と幼いころから観念していたようです。

父親はクラシック音楽が好きで、自分自身が若いころバイオリンを習いかけたことがあって、僕も兄と一緒に4歳ぐらいからバイオリンを習っていました。バイオリンを弾くことは楽しくて、毎日練習していたのですが、10歳か11歳ぐらいのとき、練習をしなかったことがありました。その日、僕は何か他のことに夢中になっていて（たぶん本を読んでいたんだと思います）、バイオリンの練習を忘れていたのです。正直に「今日は練習してません」と答えたところ、「ちゃんとやれと言っただろ」と言って父がバイオリンの弓で僕の手をぴしりと叩いた。

体罰というほどの強さでもなかったし、ふだんはまず子どもに手を上げるような人ではなかったのですが、そのときはたぶん父も何かあって、虫の居所が悪かったのかもしれません。

でも、僕は父に暴力をふるわれたことがショックで、体が硬直してしまった。そして、「ではもうバイオリンはやりません」と宣言して、レッスンに行くのもそれっきりやめてしまいました。

僕はクラシック音楽も好きだったし、バイオリンの演奏も好きだったのですけれど、強制的に「やれ」と言われると、それだけでもう身体が拒絶する。そういう体質なんです。

兄は僕とはまったく違って、すねたり、怒ったり、甘えたり、いろいろな手立てを使って親と駆け引きをすることができました。僕はそういう感情的なネゴシエーションができない。基本的には親からの要請については「イエス」と答える。ごくまれに「ノー」と言うこともある。ノーと言ったら断固としてノー。理由も何もなく、ノーはノー。交渉の余地なし、です。

いじめが原因で不登校

だから、小学校5年のときに不登校になったときも、ある日「もう学校に行かない」と断言したら、親は僕を説得するというような無駄はしないで、ただちに転校の手続きを始めました。「樹が『行かない』と言い出したら、何を言っても無駄だ」ということがわかっていたからでしょう。

不登校になった原因はいじめです。

小学校3年までは担任の先生にも可愛がられ、友だちもたくさんいて、楽しい学校生活を送っていたのですけれど、1年生のときに患った心臓病のせいで心臓弁膜に異常があり、通常の学校生活は無理だと診断されて、3年生のときに東京を離れて、伊豆にあった大田区の療養施設で静養するように校医に命じられました。そこに半年くらいいて、またもとの学校の4年生に戻ってきたら、いつのまにか居場所がなくなっていた。

それまでクラス内で割と居心地のよいポジションにいたのが、いきなり誰も口をきいてくれない、誰も遊んでくれないということになった。

転校してきたわけじゃなくて、前からずっと知っていて、伊豆に行く前は仲良く遊んでいた子たちからそういう仕打ちをされた。

そのうちもとの関係に戻るだろうと思って、1年近く我慢しましたけれど、ますますいじめがひどくなってきた。

これは悪循環なんです。いじめ状態から脱出しようとして「よけいなこと」をするからです。あたかもいじめなんか自分の身には存在していないかのように必死に「ふつう」にふるまおうとするわけですけれど、そのときに発する受け狙いのジョークとか、過剰な馴れ馴れしさのような「よけいなみぶり」がますますいじめを亢進《こうしん》させる。これはもう出口がないと諦めて、これ以上学校に通うのは身体に悪いから、「もう行かない」と宣言しました。

親は僕が一度「嫌だ」と言い出したら引かないということを熟知していますから、説得してなんとか学校に通わせるというような無駄なことをしない。さっさと転校手続きをしてくれたので、５年生の２学期から隣町の小学校に転校することになりました。
　そこで僕は手嶋晃先生という優しい担任に出会い、以後ひさしく親友として付き合うことになる平川克美くんと出会い、卒業までの１年半、まことに楽しい小学校生活を送ることになりました。転校したおかげで、恩師と親友に出会えたわけですから、正しい選択をしたと思います。

　小学校を卒業したところで、平川くんとは離れ離れになりました。彼は大森七中に、僕は矢口中学というそれぞれ地元の区立中学に進みました。中学には同じ小学校で、僕をいじめた子たちも来ていたのですが、不思議なもので、みんなそんなことが何もなかったような顔をして、話しかけてきました。後で聞くと、やっぱり集団的ないじめというのは一度始まるともう止められなくて、自分だけ抜けると、次のいじめの標的になるリスクがあるので、不本意ながら意地悪くしていたのだというカミングアウトを聞きました。そうなのかもしれないと思います。でも、いじめが半年くらい続いたころからの僕の言動は、怯えと強がりが同居したかなり異様なものになっていたはずですから、それを見て彼らが「そばに行きたくない」と感じたとしてもしかたがないかなとも思います。

いじめという集団行動の悪魔性はそこにあります。ほんのわずかなきっかけで「ふつうじゃない子」を疎外する行動が始まる。いじめの標的になった子どもは心が痛んで、だんだん挙動不審になる。そうやって、ますます「ふつうじゃない子」になってゆく……。

僕の転校のあとも、また次の子がいじめの標的になって、やはり転校を申し出て、いじめを放置していた担任教師（かなり問題のある人物でした）はその責任を問われて、担任を外されました。

そういう顛末もあって、中学では以前いじめなんかなかったかのように穏やかな生活が始まりました。

兄の存在感

兄とは非常に仲のよい兄弟でしたので、兄が亡くなったときは自分の半身を失ったような気がしました。

男兄弟で仲がよいというのはわりと珍しいのですが、うちはとても兄弟仲がよかった。二人とも20歳を過ぎてからは、兄が僕にとって最大の理解者であり、最も愉快な遊び相手でした。

兄や姉がいるとその世代の流行のものが家の中に入ってきますから、下の子は文化的には早熟になります。僕もそうでした。兄は音楽が好きだったので、兄がいいと思った音楽を僕に無理やり聴かせて、「どうだ、いいだろう」と評価を押しつける。人が勉強しているのも構わず「いいからこっちへ来い。今からこのレコードをかけるから、ジョン・レノンのコード進行のどこが画期的なのか２００字以内で述べよ」という調子でした。ですから、僕は同年齢の中学生、高校生よりはちょっとフライング気味で音楽を聴き、映画を見るということをしていました。

兄はほんとうに面白い人で、平川克美くんをはじめとする僕の友人たちも、みんな「兄貴」と呼んで慕っていました。友人の中には「樹よりも兄ちゃんのほうが人間ができてる。正直言うと、樹より兄貴のほうが好きだ」と公言する者もいました。

僕もそう思います。人間の出来は兄のほうがだいぶ僕より上等だったと思います。

ビートルズに夢中

ＦＥＮ（極東放送、現・ＡＦＮ）から流れてくる「Please please me」を聴いたのは中学1年生のときです。これまで聴いたどんな音楽とも違うビートとハーモニー。

何より、ジョン・レノンの「ここを先途と」歌い上げる「あとはどうなっても知らん」という思い切りのよいヴォーカルに衝撃を受けました。

ビートルズがとにかくすごいという点では兄と一致して、二人で小遣いを出し合って、最初のアルバム『Meet the Beatles』を買って、文字通り針が擦り切れるほど聴きました。

でも、新譜が出るたびに買えるほどの経済的余裕がないので、持っている人の家に行って聴かせてもらうことになります。中3のときに『Help!』が出た後に、全クラス（8クラスありました）を順番に回って、「誰か、『Help!』買った人いない？」と訊いて回りました。さいわいC組の佐藤くんという少年が「買ったよ」と手を挙げてくれたので、ビートルズ好き数名がその日の放課後に彼の家に集まって、繰り返し聴きました。

クラスにビートルズ好きが3人いたので、休み時間になると、廊下の隅に行って、ほうきをギターに擬して、ヒット曲を歌いまくりました。この時期にビートルズの歌詞経由で英語のストックフレーズを大量に仕込んだので、英語の成績はたいへんによくなりました。

中3のときに『ビートルズがやって来るヤァ！ヤァ！ヤァ！』と『4人はアイドル』

の二本立てが川崎の場末の映画館で上映されました。さっそく中学生たちでぞろぞろ映画館に繰り出しました。段ボールに菓子パンと牛乳を詰め込んで、座席の下に置いて、映画館の暗闇で食べながら、二本を二回ずつ見ました。さすがに半日映画館にこもっていたら、酸欠で頭痛がひどくなって、みんな、よろめくように帰途に就きました。

SFファンクラブ

もう一つ夢中になったのがSFです。中1のときに同級にいた清水くんと大沢くんという二人が『SFマガジン』を購読しており、SFがいかにすばらしい文学ジャンルであるか熱弁をふるって語り、SFの世界に僕を誘ってくれました。数冊の『SFマガジン』のバックナンバーを借りて読んで、たちまち僕も夢中になりました。

決定的だったのは、その中の一冊に収録されていたフレドリック・ブラウンの『電獣ヴァヴェリ』という短編です（のちに短編集『天使と宇宙船』に「ウァヴェリ地球を征服す」に改題されて収録されました）。宇宙から飛来した電気を食べる生物のせいで、地上から電気がなくなって、人々がまた馬車に乗って行き来し、新聞を木版で刷り、夜はみんなで弦楽四重奏を愉しむようになった世界の話です。世の中にこれほど面白い作物があるのかとびっくりして、一夜にしてＳＦファンになりました。

ＳＦは１９５０年代のアメリカに誕生した新しい文学ジャンルです。背景にあるのは、原子爆弾の発明によって核戦争による人類滅亡というシナリオに現実味が出て来たという歴史的現実です。人間が自分たちを豊かにするために創り出したテクノロジーによって人間が死滅するという不条理が現実になりつつあったのです。でも、伝統的な文学形式はそのような非劇的なまでにナンセンスな現実を叙することができなかった。ＳＦはほとんどそのためだけに発明された特異な文学ジャンルだったのだと僕は思います。ですから、ＳＦはその荒唐無稽さと娯楽性にもかかわらず、底にはある種の絶望感が伏流していました。

中学生は文学的な素養では大人たちには太刀打ちできません。でも、「最新のもの」に対する感度の高さでなら勝てる。ビートルズもそうでしたけれど、ＳＦも中学生の僕にとっては「大人たちがまだ知らないまったく新しいもの」でした。

そのときに大阪に本拠があるＳＦＦＣ（SF Fan's Club）という組織が中学生のＳＦファンを全国的に組織していることを知って、僕はそこに入会しました。主宰していたのは池田敏さんという大阪の青年で、彼から毎週のように郵便で「指令」が届きます。

ＳＦというのはそのあまりの前衛性ゆえに弾圧された地下文芸活動であるというのが僕たちが採用した物語でした。ですから、ＳＦがどれほど素晴らしい文学であるかをひそやかに全国の少年少女たちの間に広め、いずれ純文学や中間小説の覇権を覆すという「ＳＦ伝道活動」が僕らの主務でした。ほとんどレジスタンスです。

ＳＦＦＣで僕は大阪・天満の中学生だった山本浩二（後年、僕の本の装丁をしてくれたり、道場、凱風館の老松を描いてくれるようになった画家です）や上野の中学生だった松下正己（のちに映画作家・批評家になり、一緒に共著『映画は死んだ』（いなほ出版）を出すことになりました）のような超絶生意気少年たちと知り合うことになりました。

会員が増えてきたので、池田さんから、各地に支部を作り、ファンジンを出版せよという指令が届きました。東京支部の結成は僕と松下くんに命じられました。

僕はそのときには、まだ手紙のやり取りだけで、松下くんには会ったことがありませんでした。手紙から知る限りでは、「瑠璃薔薇鬱彦」名義でヒトラーと第三帝国を賛美する不気味な文章を書き、異様に精密な点描で兵器を描くまことに怪しい少年でした。負けてはならじと、僕もまた自分がいかにエキセントリックな少年であり、まわりの中学生たちから怪物視されているかを（嘘ですけど）書き送りました。

東京支部設立のためにはとにかく会わなければなりません。というわけで、中3のある日、目蒲線下丸子の駅で待ち合わせをしました。しかし、定刻になっても、それらしい怪物的な少年の姿が見えない（僕は痩身で長身で透き通ったように色白の少年を想像していたのです）。踏み切りの傍らに先ほどから人待ち顔をしている丸顔で背の低い小太りの男の子がいるけれど、まさかあれではないよな……と思ってじっと見つめていると、彼もやはり僕に気づいて、「まさか、あれではないよな」という表情を浮かべている。お互いに近づいて「もしかして、君が松下くん?」「君が内田くん?」と言って、笑い出しそうになりました（「なんだ、あんな大人ぶった手紙書いているけど、子どもなんじゃん!」と二人とも同時に思ったのでした）。

それでも二人で東京支部を立ち上げて、『Traitors』（「裏切者」という意味です）というファンジンを創刊しました。ガリ版セットを購入して、毎日学校から帰ると、ガリガリと鉄筆でガリを切って、ファンジンやレターを出し続けました。

山本くんは大阪支部で『Madness』というファンジンを出していて、これは「筒井康隆直撃インタビュー」とかとても中学生とは思えない記事を掲載していました。表紙はもちろん山本くんが描いています。のちに本職の画家になるわけですから、当然めちゃくちゃうまい。僕らのファンジンの表紙はもちろん松下くんですが、彼も後年映像作家の他に細密画家として名を知られることになった少年ですから、東西でハイレベルの競争になりました。

そうやって回想すると、中3のときはビートルズにSFでずいぶん時間を使っていたようです。ドラムもそのころ練習を始めて、毎日電話帳をスティックでばしばし叩いていました(スネアとハイハットはその後高校入試の合格祝いでめでたく購入、残りのドラムセットは高校1年生の春休みにアルバイトをして、お茶の水の中古楽器屋で質流れの品を買い揃えました)。

改めて中学時代のことを思い出すと、よくこんなに忙しくしていながら受験勉強ができたものだと思います。

でも、勉強もよくしていたのです。

都立日比谷高校

僕が通ったのは都立日比谷高校という学校でした。当時、卒業生の半数近くが東大に進学するという日本屈指の進学校でした。僕もそのまますんなり東大に行くつもりでいたのですが、高校1年生の終わりぐらいにふっと「何か受験勉強やりたくない」という気がしてきました。

それまで小学校のころから、「勉強がやりたくない」と思ったことは一度もありませんでした。それがふっと「嫌」になった。

これは例の「嫌だ」だということが僕にはわかりました。僕の「嫌だ」というのは自己決定できることではなく、身体の奥のほうから「嫌だ」という体液みたいなものが分泌されてきて、全身を満たしてしまうのです。僕の意思ではどうにもできない。だから、「勉強が嫌だ」ということになったら、これはもうどんな努力をしてもダメなんです。

でも、高校の友だちとはとても仲がよかったし、一緒に遊びまわっていましたから、「勉強はしたくないけれど、学校には行きたい」。だから、よくある学校には毎日来るけれど、全然勉強しない「できんぼ不良高校生」というものになりました。そういうのはどこの高校にもいますから、僕が特別変わった高校生というのではありません。

ただ、それまで成績がよかったので、それが一気に学年最下位というところまで落ちると、さすがに教師や親は心配しました。でも、つい先日まで嬉々としてやっていた受験勉強が急にしたくなくなっちゃったんですから、叱ってもおだててもどうしようもない。いつか気が変わる日が来るまで放っておくしかありません。

ところが困ったことに、高校2年になると、それまでわいわい楽しく遊んでいた悪友たちが一斉に受験勉強にシフトしました。そこらへんは都会の高校生というのはやることがスマートなんです。さんざん遊び散らしておいて、ある時期が来ると、「はい、『遊びの時間』はおしまい」ときちんと区切りをつけて、いきなり受験勉強マシンへの切り替えができる。「おとな」なんです。

こうなるともう誰も僕と遊んでくれない。成績のめちゃめちゃ悪い不良仲間たちさえ「そろそろ受験勉強始めないと親がうるさいから」とかいう微温的なことを言い出した。

僕は勉強がすっかり嫌になっていた上、学校に行っても遊んでくれる仲間もいなくなった。じゃあ、だらだらしていないで、さっぱりと高校をやめようということになりました。

高校はもういい

僕が高校をやめようと思ったのには67年という時代にも関係があります。

1967年というのは、いまの若い人たちには想像もつかないと思いますが、世界中で狂瀾怒濤の嵐が吹き荒れる激動の時代でした。ベトナム戦争のさなかで、世界中でベトナム反戦運動が展開していた。隣の中国は文化大革命の渦中で、後に2000万人ともいわれる死者を出した内戦的な混乱の中にありました。アメリカではキング牧師の公民権運動、マルコムXのブラック・ムスリムの運動、ブラック・パンサーの武装闘争が始まっていました。68年にはパリで「五月革命」が起きます。ドイツではバーダー・マインホフ・グループが、イタリアでは「赤い旅団」がテロ活動を行っていました。まさにグローバルな規模での地殻変動的な政治的混乱の時代でした。

そして、日本では1967年の暮れに三派系全学連による羽田闘争がありました。

僕が高校をやめようと決めたのは、67年の春のことです。革共同中核派と社学同と社青同解放派による三派系全学連の結成はその前年、僕が高1のときですが、僕は学生運動の離合集散のことなんか何も知りませんでした。もちろんマスメディアもそんなことはまったく報道していなかった。でも、不思議なもので、ニュースで知らなくても、大変動が起きそうだという「地鳴り」のようなものは高校生の耳にも聴こえていた。グラグラと釜がたぎっていて、もうすぐ爆発してふたが跳ね上がって、マグマのようなものが流れ出すような予感はありました。

そういう不穏な予兆を足元に感じて、「これから世界はがらっと変わっていくんだろう。日本でも革命的な出来事が起こるかもしれない」と何の根拠もなく感じていました。それがどんなものになるのか、誰もまだ知らない。親や教師はもちろん知らない。同じ年代の高校生たちも知らないでいる。

僕のように「不穏な予兆」を感じている日比谷高校生たちも何人かはいたのでしょうけれど、彼らはまさにその67年に「何か面白いことないかな」という不良高校生独特の好奇心を封印して、「受験勉強シフト」に切り替えたばかりでした。

「おい、受験勉強なんかしてる場合じゃないぜ。革命が起きるかもしれないというのに、君たち何してるんだよ」と僕一人じたばたしていたわけですが、もちろん誰も反応してくれない。

わかった、もう高校はいいよ。それよりこれから世の中がどんなふうに激動の時代に入るのか、砂かぶりの特等席で見てみたい。そう考えるようになりました。

高校中退、そして家出

計画的に家出

「嫌だ」と言い出したら引かない性格だということを知っている両親も、さすがに「高校をやめる」と告げたときは、反対しました。

でも、受験勉強をするときも、親が何も言わなくてもがりがり勉強する子どもでしたから、「勉強もうしない」と言い出しても、親がコントロールできるわけはない。

親も半ば諦めかけましたが、そのときに「海外留学はどうだ」という代案を出してきました。これにはちょっと心が動きました。

むかし父親が満州で小学校の教師をしていたときの教え子にドイツ人の男の子がいた。その子が長じて東京のドイツ領事になって、父を訪ねてきて、父にはドイツ人との交流がいささかあったのです。

「ドイツの高校に留学しないか」とある日父親に水を向けられました。

僕はそのころ、カフカとかゲーテとかリルケとか、ドイツ文学をよく読んでいました。柴田翔の『されどわれらが日々』や『贈る言葉』にも夢中でしたので、ドイツと言われてちょっとふらっときました。

ドイツの高校に留学するというのは、なんだか楽しそうな気がして、話が進むのを待っていたのですが、たぶん相当お金がかかることがわかって親も逡巡していたのでしょう。話が具体的にならないうちに、僕のほうは手際よく高校をやめる段取りをしてしまって、67年の夏休み明けに家を出てしまいました。

ふつう高校生が学校をやめて、家を出るというと、だいたいその前に親子げんかがあって、怒鳴り合ったり、ちゃぶ台をひっくり返すとか、そんな一悶着がつきものです。でも、僕はそういうことが大嫌いなので、事前に全然そういうトラブルを起こさないように家の中ではおとなしくしていました。そして、バイトしてお金だけしっかり貯めて、アパートもみつけて、敷金礼金も払って、運送会社のトラックをある日呼んで荷物を載せて、「では失礼します」とさっと出て行ってしまった。

家族はみんなあっけにとられて、きょとんとしていました。

ジャズ喫茶でアルバイト

バイトはいろいろやりました。最初は中3の春休みで、「東京園」という銀座4丁目にあった中華料理屋での皿洗いでした。長い休みになるたびにそこで働かせてもらいました。でも、いくら諸式の安い時代とはいえ、時給100円です。10時間働いても1000円にしかならない。

もう少し割のいいバイトを探して、高校2年のときにお茶の水の「ニューポート」というジャズ喫茶で働き始めました。

最初は客として行っていたのですが、「バイト募集」という貼り紙を見て、「マスター、僕でもいいですか」と言ったら、「いいよ」と言ってもらえた。

このマスターが本当にいい人でした。

今にして思うとまだ35歳くらいだったんでしょうね。当時の僕にはすごく大人の人に見えました。カウンターの端の席に終日座ってパイプをくゆらせながらずっとジャズを聴いていた。

そのマスターからまず「コーヒーの淹れ方を教えるから」とネルでドリップコーヒーを淹れるやり方を教わりました。

その次に「レモンティーを作ってごらん」と言われました。まずレモンを切るところから始めました。

でも、レモンなんか家で切ったことがない。適当にひとつのレモンを6つぐらいにぶつ切りにしたら、「レモン1個を20枚に切らなきゃいけないんだよ」とマスターに苦笑いされました。

夜になるとお酒を出す店でした。あまりお酒を飲むお客さんはいなかったのですけれど、一度「ウイスキーの水割り」とオーダーされたことがありました。

そんなこと言われても、水割りなんか作ったことがない。

グラスにウイスキーと水と氷を適当に放り込んで出したら、一口飲んでしみじみと『水っぽいウイスキー』というのは飲んだことあるけれど、『ウイスキーっぽい水』を飲まされたのははじめてだ」と言われました。

それでも、笑いながら、最後まで飲み干して、ちゃんとお代を払ってくれました。

お客さんたちもマスターもほんとうに親切な方ばかりでした。高校2年生の子どもがカウンターの中で蝶ネクタイを締めて、慣れない手つきであれこれやっていたのを笑って許してくれた。

そういう時代だったし、そういう場所だったんだと思います。

ニューポートはその翌年には「神田カルチェ・ラタン闘争」が展開するまさにど真

ん中にありました。

僕がいたころはまだそれほど剣呑な事態にはなっていませんでしたけれど、お茶の水の通りには何とも言えない自由で開放的な気分が横溢《おういつ》していました。

中央大学があり、明治大学があり、日大があり、明大の横には駿台予備校があり、お茶の水橋の向こうには東京医科歯科大学があり、少し先には東大があるという日本最大の学生街でした。

出版社と本屋が軒を並べ、喫茶店とレストランと楽器店やレコード屋が多い街で、どんな店でも、トイレに入ると壁いっぱいに演劇や自主映画のポスターや党派のビラが貼ってありました。街を行き来する人たちは、みんなわくわくしながら時代が大きく変わっていくのを固唾《かたず》を飲んで見守っている、そんなふうに感じられました。だから、僕みたいな子どもが交じりこんでいって、「あれ、なんですか?」と尋ねても、「あれはね」と親切に教えてくれる。そんな懐の深い街でした。

たちまち生活に困窮

家を出て借りたアパートは、東武東上線の池袋からかなり奥まった東武練馬というほとんど埼玉に近いところでした。部屋代は3畳一間で、月額7500円。

未成年でしたから、当時だって保証人がいなければ部屋は借りられなかったはずですが、たぶん適当に書類を偽造して、日比谷高校の学生証が身元保証代わりになったのでしょう。

初めての一人暮らしはまことに自由でした。バイトが始まる時間まで寝て、好きなだけ本を読んで、友だちを呼んで夜を徹しておしゃべりをして、なんといっても親の小言を聞かずにすむ。

家にいればタバコも隠れてじゃないと吸えないし、夜遅く帰ると「こんな時間まで何をしていたんだ」と言われる。朝、学校に行きたくなくても起こされる。だらしない格好をしていると「ちゃんとボタンを締めろ」と言われる。

それは言うほうが当然で、それをうるさいと思うこちらが悪いのですけれど、学校をやめて、家を出たら、そういう命令、叱責、要求的なすべての言葉から解放された。

夢のような生活でした。でも、お金がない。

家出資金を貯めているときは、家からバイトに通っていたので、稼いだ分は全部貯金できましたけれど、自分で暮らすようになったら、とてもじゃないけどバイト代だけではやっていけない。

ジャズ喫茶の時給は皿洗いのときの１００円よりは上がったはずですけれど、せいぜい200円ぐらいだったんではないかと思います。

店に行けば夕方にトースト1枚食べて、冷たいミルクを1杯飲むことが許されていたので、バイトのある日は1食だけは確保できました。

でも、バイトのない日はその「まかない」がない。しかし、家賃を払うと手元には毎月数千円しか残らない。その数千円で、食べ盛りの16歳が食っていかなければならない。

でも、僕は本を買ったり、芝居を見に行ったり、映画を見たり、ジャズ喫茶に行ったりするのを我慢したくはなかった。そういうことを自由にやるために家を出たのだから、文化的なアクティビティにお金を惜しんではいけない。

となると、削れるのは衣食住しかありません。着るものは一切買わない。風呂にも行かない（コンロでお湯をわかしてタオルで身体を拭き、流しで髪を洗いました）。食べるものがないときは水道水を飲んで飢えを癒やすという暮らしを半年続けていたら、さすがに骨と皮だけになってしまいました。

でも、金を借りられる友だちからはすでに借りまくっています。もっとも高校生のことですから、「1000円貸して」というくらいが精いっぱい。

そんなふうにして、家を出てわずか数カ月で経済的に身動きがとれなくなってしまいました。

頭を下げて家に戻る

一人暮らしも最初のうちこそ「自分はいま進学校をやめて中卒の最下層の労働者として働いているのだ」という反抗者の高揚感を覚えていたものの、しばらくすると現実に目が向き始めます。

僕はなんとなく高校をやめて家を出さえすれば、すぐにでもさまざまな「わくわくする活動」に参加できるような気がしていたのですが、でも実際はただの世間知らずのお坊ちゃんにすぎませんから、誰も相手にしてくれない。

だから毎日すきっ腹を抱えて、バイト先と部屋を往復するしかない。

バイト帰りにアパートに戻る途中に中華料理屋があって、その前を通るときがつらかったです。中では明るい光の下で労働者たちがラーメンやギョーザをぱくついている。

うらやましい……と思いながら、部屋に戻って、買い置きの古い食パンをかじる。

もしそのころ誰かに、「バンドやらない？」とか「芝居やらない？」とか「映画つくらない？」と声をかけてもらっていたら、喜んでホイホイついていったと思います。

そして、誰かの家に転がり込んで、共同生活させてくださいと懇願するようなことになったのではないかと思います。１９６０年代末というのは、そういうことがごくふつうに行われている時代でしたから。

でも、残念ながら誰も僕に「一緒にやらないか」と声をかけてくれなかった。

痩せこけた中卒労働者として極貧生活を送っているうちに「この状態からはい上がっていくのはちょっと無理だろう」という気がし始めました。

最初のうちはサポートしてくれていた高校の友人たちも、彼らの生活がありますから、そうそう僕に構っているわけにもゆきません。そのうち家賃の支払いが滞り、友だちが勝手に部屋に泊まり込んでいるのを咎《とが》められて、大家さんから退去を命じられてしまいました。

しかし出ていけと言われても、財布の中には１００円玉がいくつかしかない。アパートを借りる敷金や礼金など逆さに振っても出てこない。進退窮まって家へ戻ることになりました。

「どうもすみませんでした。これからは心を入れ替えて受験勉強をいたします。高校はやめちゃいましたけど、これから大検を受けてちゃんと大学に行きますから、一つご勘弁を」と父母に頭を下げて、わびを入れました。

もともと親子仲が険悪だったわけではありません。家を出るときも「出ていけコノヤロ」「うるせえクソオヤジ」というようなワイルドな展開はなくて、ただある日ふっと姿を消しただけですので、家に戻るときも、あっさりと「そうか」でした。

改めて思うと、あのときに父親が「いいからそこに座りなさい。そもそもお前の料簡《りょうけん》というものが間違っていて……」というような長説教をされたら、ちょっとたまらなかっただろうと思います。

幸い、そういうこともなく、「しばらく小遣いはなし（だから外出できず）」というだけのペナルティで済みました。

父は僕のことをよくわかっていたのだと思います。こういうときにうっかり僕に向かって「ほら見たことか」というようなことを言ったら、僕はそのときは黙って引き下がるでしょうけれど、その後、何年でも父親と一言も口をきかないというくらいの反抗はしたでしょうから。

父も僕の「虎の尾」を踏むと取り返しがつかないことになるというのは育ててきて思い知っていた。だから、ほんとうはたっぷり説教をしたかったのでしょうけれど、それを自制して、「そうか」だけで終えてくれた。

僕はその父親の雅量には後になってずいぶん感謝しました。いろいろ言いたいことはあっただろうけれど、そういうときにかさにかかって子どもに恥をかかせるようなことはしなかった。僕はそのときに家出に失敗したことからよりも、人生最初の「大勝負」に失敗したぼんくらな息子を両親が黙って受け入れてくれたことから、人生についてより多くを学んだように思います。

たとえ家族であっても、どれほど親しい間であっても、相手にどれほど非があっても、それでも「屈辱を与える」ことはしてはいけない。これは父母から学んだ最もたいせつな教訓だったと思います。

大検のために猛勉強

親に頭を下げて家に戻ったのは１９６７年の12月です。

翌年の元日から受験勉強を再スタートしました。半年以上「勉強」ということをまったくしていませんでしたが、大検の試験日は８月初旬。７カ月しか準備期間がありません。

その当時、大学入学資格検定に合格するためには16科目で60点以上をとることが必要でした。僕が高校２年までに履修して受験免除になった科目はわずか３つ。ですから、13科目の試験勉強をしなければならない。

試験そのものは高校受験に毛が生えた程度で簡単なものでしたし、60点とれば合格です。2年前の9科目受験の都立高校の入試の受験勉強のストックがまだ残っていますから、勉強の負荷そのものはそれほど厳しいものではないのですが、それでもうっかり1科目でも取りこぼしをしたら、大学受験が1年遅れます。試験当日に風邪をひいても、電車がストで止まっても、「はい、おつかれさん」です。

それでいきなりねじり鉢巻きで受験勉強に取りかかりました。午前中3時間、午後5時間、一日8時間ペースで朝から晩まで日曜も休日もなく勉強していました。


ある日、テレビをつけると忘れがたい画面に遭遇しました。

1月に佐世保で起きた「エンタープライズ寄港阻止闘争」(佐世保闘争)です。このニュースの画面を見て「あ、これだったのか」とため息をつきました。

夏に僕が家を出たときは、学生運動にコミットするという選択肢は念頭にありませんでした。

三派系全学連の皆さんが集会をしたり、綱領的なすり合わせをしていたのはたぶんお茶の水の中央大や明治大のキャンパス内でだったと思います。僕はそれと知らずにその時期、やがて華々しく政治の舞台に登場する大学生たちのすぐ横で、「何か起こらないかなあ」とじたばたしながら、毎日ジャズを聴き、コーヒーを淹れていたのでした。

もし僕が「ニューポート」で仕事を始めたのがあと半年遅ければ、大学生たちも「猫の手も借りたい」という運動の拡大期でしたから、「そこの高校生の君、ちょっとこっち来て」と頭にヘルメットをかぶせられて、デモやキャンパスのバリケード封鎖に動員されていたかもしれません。

幸か不幸か、少し時期が早すぎた。

ですから、テレビの画面でヘルメットをかぶり、自治会旗を翻し、ゲバ棒を手にデモをしている佐世保の学生たちを見たときに、「あ、僕はこれに加わりたくて高校をやめたのか……」と気がついたのです。

でも、時すでに遅し。親たちに「これからはまじめに勉強します」と手をついて家に入れてもらってまだ半月ほどしか経っていない。

実際には、その前年の10月に羽田闘争があり、それが三派系全学連登場という政治史的転換点なのですけれど、僕は10月は極貧生活のさなかでテレビも見ず、新聞も読まずに過ごしていたので、その闘争の「画像」を見ていませんでした。

68年1月の佐世保闘争のときはテレビのある環境に戻っていたので、ヘルメットと自治会旗とゲバ棒というものをはじめて目視して、「おお、これは」となったのです。

そのままおとなしく受験勉強をすること7カ月。8月に無事に3日間にわたる大検を受検でき、10月には合格の知らせがありました。

68年の10月に同級生たちはまだ高校3年生だったわけですから、僕は高校2年で中退したにもかかわらず、同期より半年早く高校を卒業したことになります。

うれしくて、日比谷高校に「高校生諸君、あとまだ半年通学しないと卒業できないんだね。はい、ご苦労さん」といやがらせを言いに行って、クラスメートたちに嫌な顔をされました。

そうはいっても、こちらは大検のために大学入試と関係ない科目にまで手を広げて勉強していたので、その分だいぶ大学受験には出遅れていました。だから、ほんとうは同級生に「いやがらせ」をしに行ってる暇なんかなかったのです。それから半年必死で受験科目に取り組みました。

翌年69年は東大を受けるつもりでしたが、69年の1月に「安田講堂事件」があり、東大入試が中止になりました。

志望を変えて、京都大学法学部を受けましたが、例年にない倍率になってしまって、あっさり不合格。そこで駿台予備校に通うことになりました。

駿台の学生証を手にして、久しぶりに「どこかの学校に帰属している」ことを書類で保証されて、ずいぶんほっとしたことを覚えています。考えてみたら、16歳の春から18歳の春まで2年間「中卒、無職」だったんですから。

規則正しい浪人生活

68年の秋に、親が小田急相模原という小田急線の沿線に土地を買って引っ越し、17年住んだ大田区下丸子を後にしました。

予備校の午前の授業は朝8時半から始まるので、間に合うように通学するのはたいへんでした。

すごい勢いで東京の郊外の宅地造成が進んでいた時期で、僕の乗る小田急線は、人口増加率日本一の町田市を通る唯一の交通機関でしたので、朝のラッシュアワーの乗車率は300%と言われたほどのすさまじい混雑でした。

片足が宙に浮いたまま新宿まで運ばれたことは数知れず、酸欠のせいで車内で貧血を起こしたことも2回ありました。

朝6時に起きて、駅まで自転車を走らせ、そこからお茶の水まで通いました。でも、予備校の授業は午前中でおしまい。毎日「半ドン」ですから、気楽といえば気楽です。それに前年の東大入試中止のあおりで、駿台予備校には日比谷高校の同期生たちが200人くらい来ていました。

僕の仲のよかった諸君のうち現役で合格したのなんか数えるほどしかいない。みんな駿台で再会です。

授業が終わると、仲間と打ちそろって「いもや」の天ぷらや「南海」のカレーや「山の上ホテル」のランチを食べに行き、神保町の雀荘で夕方までマージャンをして晩ご飯の時間に帰り、深夜まで勉強して、朝は6時起きという、判で押したような健康で規則正しい生活をしていました。

1年浪人した翌年、1970年に東大教養学部の文科Ⅲ類という文学部進学コースに入学しました。

合格発表があったのは3月の中旬だったと思いますが、家へ帰って、両親に「おかげさまで合格しておりました」と報告して、その数日後には駒場寮に向かいました。大学に入ったら空手部に入ると決めていたからです。

東大には入ったものの

天皇制を知るために、まず武道

空手を始めたのは予備校時代です。

69年の5月に東大全共闘対三島由紀夫のバトルが駒場でありました。その様子をそのまま収録した『討論 三島由紀夫vs.東大全共闘〈美と共同体と東大闘争〉』は1カ月後に出版されました。

その中で三島由紀夫は「安田講堂で全学連の諸君がたてこもったときに、天皇という言葉を一言彼等が言えば、私は喜んで一緒にとじこもったであろうし、喜んで一緒にやったと思う」と言明しました。

この一言は出版以前から伝言ゲームのように僕たちの間には知られていました。「ミシマは全共闘が『天皇』と一言言えば、安田講堂に一緒にこもったのにと言ったそうだ」という一言は僕にはたいへん衝撃的でした。

僕は高校生から三島の本は読んでいました。楯の会のような疑似軍事活動の有効性に対しては懐疑的でしたけれど、『憂国』や『英霊の聲』には文字通り圧倒されました。世界を揺るがすような強烈な政治的運動のためには霊的なエネルギーが必須だということを三島のように直截に語った人は他にいなかったからです。

そして、69年の秋、『憂国』を読んだあとすぐに小田急相模原の駅前の空き地にあったプレハブ建ての「神武館」という空手道場に入門しました。

どうして『憂国』を読んで空手をやろうと決意したのか、そのあたりの因果関係は今になってもうまく説明できませんけれど、とにかく「武道をやろう」と思った。

師範は剛柔流2段の若い方で、穏やかな声で忍耐強く指導してくれました。

門人数人という小さな道場でしたが、大学に入るまでの半年ほどそこで週に2日、雨の日はプレハブの中で、晴れている日は土の上で稽古しました。

ですから、大学に入っても空手をやるということは決めていました。

日本において政治活動を成功させようと思ったら、国民的な規模で政治的エネルギーを解発する「梃子《てこ》」が要る。それは「天皇」だと三島は言う。

僕にはその言葉は実感的にはぜんぜん理解できませんでした。

世代的に僕たちはまさに「戦後民主主義」のど真ん中で育ってきたわけですから、天皇制がどのような情念をもたらすかについての個人的な経験はまったくありません。

でも、身体的実感がなくても、三島に「ある」と言われたら「ある」ような気がしてきた。

でも、天皇制にどういう回路でつながったらよいのかわからない。三島は剣道をやって居合をやって空手をやって自衛隊に体験入隊していたので、そういう「武闘」系の身体訓練をすれば、「天皇制の本義がわかる」のではないかと思った。

たぶんそうだと思います。18歳の子どもが考えることですから、それほど複雑な理路をたどったはずはない。

でも、「天皇制を理解したければ、まず武道修行だ」と思ったというのは、直感の筋目としては悪くありません。

そういうわけで、春休みの駒場寮の空手部を訪ねました。

春休みだから寮生はほとんど帰省していて、寮はがらんとしていましたけれど、空手部の部室には体調を崩して寝ている人が一人いました。その人が空手部の副将でした。

「こんにちは」

「何ですか?」

「いや、あのこの4月に入学する予定の者なのですが、空手部に入ろうと思っております。つきましては春休みから部室に入居してよろしいでしょうか？」

というやりとりがありました。

69年は東大紛争の影響で東大入試が行われなかったので、駒場は70年4月に2年ぶりに新入生を迎えたわけです。

68年入学の学生たちは3年生になって本郷に進学してしまうので、通常通りみんな進学すれば、東大の駒場は1年生だけのキャンパスになるはずでした。

でも、新入生だけでは右も左もわからない。そもそもクラブ活動と政治党派は新入生勧誘をして新人を補充しないと立ち行かない。ですから、さまざまなクラブの幹部たちと政治党派の指導者たちは、わざわざ留年して2年生として駒場に残るという選択をしました。空手部の場合、本来なら3年生になって本郷に進学しているはずの主将と副将が駒場に残って、新入生のリクルートと稽古指導をすることになっていました。

そこに春休みから「空手部に入ります」と言って新入生が自分から飛び込んできたのですから、歓迎されないはずがない。

「寮の部屋はがらがらだから、いつからでもどうぞ」と言っていただいたのを幸いに、「じゃあ、明日来ます」ということになりました。

翌日、兄の運転する軽トラに荷物を積んで寮に引っ越しました。

寮にはベッドと机と本棚が標準装備されていますので、暮らすために必要な荷物は布団と着替えを入れた小さなたんすと本が数十冊だけ。軽トラの荷台に全財産が積めました。

まことに身軽な、よい時代でした。

そして、家族とにこやかに別れを告げ、相模原の家を後にしました。そのときはこれからあとついに二度と実家で家族と暮らすことはなくなるだろうとは思っていませんでした。

駒場寮というアナーキー空間

駒場寮はのちに取り壊されましたが、寮委員会が管理する自治寮で、開放的なというよりアナーキーな空間でした。

一高時代からの古い建物が3棟あって、そこに数百人の寮生が暮らしていました。

男子寮ですけれど、身元の知れない女性もときどき寝泊まりしていて、廊下ですれ違って、「あ、おはようございます」と挨拶したこともあります。

それなりにルールもありました。

安田講堂陥落以来、東大闘争は下火になっていましたけれど、まだ党派闘争が盛んな時期でしたから、学内での小突き合い、殴り合いは日常茶飯事でした。でも、それを寮内には持ち込まないという不文律があった。

そりゃそうです。トイレに入ったり、風呂に入ったり、ご飯を食べたりする生活空間の中で、政治的立場が違うからといって暴力をふるわれてはかないませんから。

寮の外では殴り合いをしていても、寮内ではにらみ合うくらいのところでとどめておいて、手は出さない。寮内でケガ人を出して、警察が入ってくるような事態は絶対に避けなければならない。

そういう点では、一高時代以来の自治の伝統がまだ残っていました。

学内が過剰に政治化していたせいで、旧制高校的な共同体意識はもうほとんど崩れていましたけれど、それでも寮生たちの多くは、警察にも大学当局にも寮の自治には干渉させないという意地だけは持ち続けていました。

それまで家と予備校を往復するだけの生活をしていた僕にとっては、ほんとうにすばらしく開放的な空間でした。

この世の天国と思えた駒場寮ですけれど、環境は最悪です。

「清潔とは言えない」どころではなく、端的に「汚い」のです。あまりに汚さないように、定期的に「部屋替え」をさせて、スラム化を防いでいましたが、それでも住み出して数週間くらいで汚い部屋はごみだめのようになる。

駒場寮では、クラブや研究会単位で部室割りがされます。ですから、全寮生は形式的にはどこかのクラブか研究会の部員であることになります。

割り当てられる部屋は20畳くらいあって、ベッドが数個と同数の机と書棚が置いてあり、ものが片付いていれば、真ん中にはみんなでおしゃべりしたり、食事ができるようなスペースもある。

空手部は南北向かい合わせに2室を割り当てられていました。南側には留年した上級生たちが4人。北側に新入生。

北側の部屋には教養学科4年生という「牢名主」のような人がいて、部屋の半分を一人で占領しており、残り半分のスペースに5人ほどの1年生が押し込められました。

上級生たちはこの「牢名主」を疎んじて新入生と同室にしたのですけれど、たしかに「疎んじられる」だけのことはあって、ふだんから眉根にしわを寄せた機嫌の悪い人で、新入生たちは腫れ物に触るように近づかずにおりました。

でも、この人、ごみを床に捨てるんですよ。

「おい、ラーメン」と言われると、1年生の誰かがコンロでお湯を沸かして、作って

「はい、どうぞ」とお持ちする。

食い残しはそのまま床に捨てる。すでに紙くずが数センチの層となって堆積しているのでごみが汁を吸ってくれるのです。

まことに不潔なところでした。

いちばん閉口したのは、「寮雨」です。これは寮の2階、3階に住んでいる人たちが、窓から小便をすることです。

各階にトイレがあるんだから、そっちに行けばいいと思うんだけれど、どうも駒場寮では伝統的に、上の階の寮生は窓からしなければいけないというルールがあったようです。

だから、絶対に北側の窓を開けるわけにはゆかない。でも、夏になると暑いから窓を閉め切るわけにはゆきません。

階下で窓が開いているとわかっていても、上の階の連中はかまわず寮雨を降らせてくる。風が吹くと、室内に吹き込んでくるんですから、汚いといったらない。

だから寮の北側の地面はいつも濡れていて、苔が生えてました。きっと一高時代からの年代物なんでしょう。

お風呂も一応あったけれど、僕は在寮中、結局風呂も食堂も行きませんでした。寮費には風呂代と食事代も含まれていたはずですけれど、どちらも4月に一度足を運んで、そのまま踵を返してUターンしました。

だいたい毎日朝夕空手の稽古をするわけですから汗だくになります。下着も替えずにそのまま授業に出たり、デモに行ったり、バイトに行く。

汚いですよ。道着も一着しかないので、洗って干している暇がない。すさまじく酸っぱい臭気を発した湿気《しけ》た道着を毎日着ている。

夏前には、1年生の半分くらいが痔に苦しむようになりました。極度に不潔にしていると痔になるということがそのときわかりました。

70年の6月が安保闘争のピークでしたので、活動家たちはみんな寮内のセクトの部屋に泊まり込みでした。

ほぼ毎日デモや集会がありましたから、活動家諸君は授業などもちろん出ない。ひたすらガリ版刷って、チラシ配って、デモに行っていた。

それが6月に安保条約が自動継続することになり、当面の闘争課題がなくなって、ちょっとひと休みというムードになりました。

そこでそれまで寮内に泊まり込んでいた各セクトの活動家諸君も「銭湯でも行くか」

と行くことになりました。僕もついて行って久しぶりに風呂に入りました。

僕も6月はほぼ毎日のようにデモに行っていたので、僕にとっても一週間ぶりくらいの風呂でしたが、諸先輩方の中には4月から一度も風呂に入らず、服も着た切りという剛の者がおりました。真っ黒な顔をしている。

最初は日焼けしているのだと思っていましたけれど、そうじゃなかった。垢で黒かったんです。洗い場で頭からお湯をかぶったら、茶色い水が流れたのを見て知りました。

その先輩、髪を洗って、身体を洗って、ヒゲをそって風呂から出てきたのを見たら、ホームレスのおっちゃんみたいだった人が、20歳の若者らしくつやつやとしたピンク色の頬をしている。

「先輩、そんな顔だったんですか」とびっくりしました。

嫌な先輩に回し蹴り

そのころ、空手部のOBのひとりに、夜遅くに駒場寮にやって来ては、真夜中に寝ている1年生を叩き起こして、稽古をさせる嫌な先輩がいました。

「イチョウ並木の端から端まで、突きをしながら往復！」

というようなむちゃくちゃなことを命じるのです。

ＯＢといったって、学部を出て会社に入ったばかりの若造の新入社員ですから、きっといろいろと会社でつらいことがあったのでしょう。その鬱憤を晴らすために、空手部の1年生いじめにやって来ていた。

でも、体育会ではＯＢに逆らうことはできません。向かいの部屋にいる主将たちもＯＢの「しごき」は見て見ぬふりでした。

夜中に酔っぱらったそのＯＢが部室に来て叩き起こされると、1年生たちはうんざりしたものです。

そういうことが数カ月続きました。夏休みが終わったころ、たしか土曜日の午後の稽古のときに、そのＯＢが体育館に差し入れを持ってきました。ビール1ケースと日本酒です。

まだ暑い時期だったので、体育館の外に長い時間放置されていたビールも日本酒も生ぬるく、とても飲めたものじゃなかったのですけれど、先輩たちは「ＯＢからの差し入れだから、ありがたく頂戴しよう」と稽古の後、体育館に車座になって酒盛りをすることになりました。

十数人の1年生たちが紙コップに注がれた生ぬるいビールを我慢して飲み干したら、

次は先輩が手ずから1年生たちに日本酒を注いで回った。そして、一人ひとりの前に仁王立ちになって「干せ～！」と命じるんです。

1年生はおおかた18、19歳ですから、まだお酒なんか飲めません。僕の隣にいた小柄な1年生はお酒がぜんぜん飲めない子だったので、OBの「干せ～！」という恫喝におびえて、紙コップを手にぶるぶる震えていました。

頭にきたので、「こいつの分は俺が飲みます」と言って、二人分を一気に飲み干しました。そして、自分の紙コップを先輩に突き出して「先輩もどうぞ」と言って、なみなみと注ぎ、「干せ～！」と低い声で脅しつけてやりました。

OBは怒りで青ざめて、紙コップの酒を一気飲みした後、「内田、立て！　組手をやろう」と言いました。

向こうは空手2段、こちらは白帯。まともに組手をしたら勝ち目がない。そこで立ち上がると同時にいきなり回し蹴りを相手のこめかみに向けて放ちましたが、昼酒を飲んだ後でふらふらですから、これが虚しく宙を切った。次の瞬間はもうボコボコにされて、鼻の骨を折って、気を失って、血だらけになって部室に運ばれました。

その日に、主将から退部を命じられました。

「内田、お前は退部だ。あの先輩のやりかたがひどいということは俺たちにもわかっているけれど、仮にもOBに手を上げた以上、空手部に在籍させることはできない」

退部になれば空手部の部室からは退去しなければなりません。荷物はわずかですから、引っ越しは簡単なんですけれど、退部処分ですから、同室の仲間たちにも挨拶のしようがない。他の1年生たちは「気の毒に」と思ってくれてはいたのでしょうけれど、誰も僕に話しかけない。

とりあえず同じ寮の別の部屋に住む友だちがいたので、その部屋を訪ねていきました。そこはどのクラブにも属していない寮生たちが適当に「ナントカ研究会」というような看板を掲げて住んでいた部屋でした。

「ここ、ベッド空いてるよね」

「空いているよ」

そこに何日間か仮住まいをしながら、次に住む部屋を探しました。

住処を転々

駒場寮を出たいんだけれど、どこかいいところないかなあとあちこちに言っていたら、軽音研の仲間の一人が、自分たちが暮らしている学生寮に空き室があるから来ないかと誘ってくれました（僕は空手部と同時に、軽音研と歴史研究会にも属していて、軽音研ではドラムを叩いていたのです)。

学生寮があったのは、世田谷区の野沢という、渋谷からバスと徒歩で20分くらいのところでした。

その野沢の学生寮に一年ほどいました。家賃は安かったし、駒場寮に比べると清潔でしたけれど、寮規則を破って、ガールフレンドを連れ込んだことで他の寮生たちの怒りを買い、かなり気まずくなったので、気分転換にお茶の水に引っ越すことにしました。

高校時代の友人で、僕の家出時代にいろいろ支援してくれた親友が、父親の転勤と兄の結婚で家族の去った大きな邸宅に、一人暮らしを始めました。家はお茶の水の神田明神の境内という足場の良さです。電話も、風呂も、冷蔵庫も、クーラーもついていて、親がいないという絶好の条件です。

たちまち悪い仲間たちが蜜に群がる蟻のように集まりました。最盛期は「家主」の他に3人の居候が住み着き、政治的密談も宴会も麻雀もなんでもOKの「梁山泊」の体をなしていました。

あの時期、みんなが好き放題に使っていた家の電気や水道や電話の料金は思えば友人の親が支払っていたのでした。そんなこと考えもしなかった。若者というのはまことに利己的かつ非常識なものです。

小口家のみなさんにはこの場を借りて40年前の非道をお詫びしたいと思います。


毎日のように人が出入りする「エンドレス・サマー的キャンプ生活」にもいささか疲れて、半年ほど経ったころに、物静かなルームメイトをみつけて自分でアパートを借りて住むことにしました。ルームメイトはバイト先で知り合った学生で、輝かしい政治的キャリアを持ち、低く静かな声で話す、笑顔の爽やかな青年でした。これは良い人と知り合ったと喜んだのもつかの間、彼は約束も義務も自己都合で忘れることのできる「生きる無責任」のような男だったのでした。僕の蔵書を二、三冊借り出したまま、持ち込んだ鍋釜や布団の類を友人の自動車のトランクに積み込んだまま、彼はある日姿を消しました。

その後、目黒の駅で電車に乗ったときに、赤い顔で泥酔している彼に出会いました。聴いたら、某大手テレビ局に就職したと教えてくれました。その後、彼の名前をそのテレビ局の高視聴率番組のプロデューサーとして何度も見ることになりました。

僕がテレビというメディアをいまいち信用できないのはいくぶんかは彼のせいです。

ガールフレンドの母親が天敵

ガールフレンドは19歳から後は、だいたいいつもいました。いろいろ差しさわりがあるので、全容はお話しできませんけれど、共通していたことは、ガールフレンドの母親が必ず娘に「ウチダだけはやめておけ」と言ったということです。

予備校時代に好きになった女の子がいて、先方の感触も悪くなかったので、日曜に家に電話して「これから遊びに行ってもいい？」と言ったら「どうぞ」と言ってくれたので、電車に乗っておうちまで行ったことがあります。

先方のご両親が出てきて、お茶飲んで、そのまま「晩ご飯を一緒にどうぞ」と誘われたので、晩ご飯も食べて、にこやかに帰途に就いたのですけれど、翌日会ったら、もうぜんぜん口もきいてくれなかった。手紙を出しても返事もくれない。必死になって聞き出したら、「母親から、あれだけは絶対にダメ」と厳命されたのだそうです。

そういうこと多々あるんですよ。

男の友だちの場合もそうで。おうちに行って、上がり込んで、ご飯ごちそうになって、うっかりするとそのまま泊まり込んだりすることがよくあるんです。

そしてきわめて高い確率で、先方の親御さんから「あいつとは付き合うな」と言われる。

別にそんな無礼を働くわけじゃないし、暴言を吐くわけでもないんですよ。ただ、僕は「いい子ぶる」ということが全然できない少年だったのです。誰の前でも、ふだんと同じ調子でぺらぺらおしゃべりする。灰皿を出してもらえば、煙草を吸うし、向こうのお母さんが「内田くんはお酒飲むんでしょ?」と言ってくれると「あ、すみません。頂きます」と正直に反応してしまう。

怖いですね。これがトラップなんですよ。母親って、そういう「技」を使うんです。愛想よくしておいて、乗せておいて、どれくらい「調子に乗る男」か見極めているんです。そして、人物を見定めて、ぴしっと「あいつはダメ」と宣告する。

男の友だちでも「母親が内田は家に来てほしくないって言ってるので、悪いけど、もうこれきりにしてくれないかな」と言われたことがあります。

とにかく、「母親受け」が悪いんです。

でも、これはやはり世の母親たちは「見る眼がある」ということだと思います。母親たちは自分の子どもを「悪の道」に誘い込むタイプというのが直感的にわかるんです。

「悪の道」というのはちょっと言い過ぎですけれど、親たちのコントロールが利かない領域に連れ出しそうな気がするんだと思います。母親は直感的にそういうのはわかるんです。

男の友だちでさえそうなんですから、ガールフレンドの場合はなおさらです。娘を持つ世の母親が大学生くらいのときに娘のボーイフレンドを見たときにどこを見るかと言ったら、それはやっぱり「安定性」ですよね。ちゃんと単位を取って4年で卒業して、まじめに就活して、一流企業に入って、ちゃんと出世して、30代で家を買って……というようなキャリアパスが期待できる男の子と、そういうことがぜんぜん期待できない男の子の違いなんか一目瞭然です。

その点では父親より母親のほうが断然鋭い。

この男は卒業しても定職に就かずにふらふらして、「革命」とか「哲学」とか「ロケンロール」とか、そういう益体もないことにだらだらかまけて人生を空費するタイプの男だというのはわかるんです、母親には。

ですから、僕にとって久しく世の母親たちは「天敵」でありました。向こうもそう思っていたでしょうけど。

「噂はいろいろ聞いてるぜ」

けっこう最近の話ですけれど、知らない女性からメールをもらいました。

「もしかしたら、内田樹さんは、1970年の東大五月祭のダンスパーティーで私と踊った東大空手部の人ではないですか?」

これはびっくりしました。

たしかに五月祭のダンパに空手部は「警備」という名目で動員されていて、僕もブレザーにネクタイで会場を遊弋《ゆうよく》していました。たまたま一人でいたお茶の水女子大の数学科の女の子を誘って、フロアで踊ったことがありました。

僕は入学したての1年生だったんですけれど、彼女は2年生だというので、「2年だよ」と嘘をついていたことまで思い出しました。

「間違いなく私はあなたと一緒にダンスを踊った者です。しかし、よく半世紀近く前のことを覚えていますね」とメールでご返事をしましたら、それにも返信があって、彼女によると僕はそのとき会ったばかりの彼女の名前を聞いて、「今度会わない?電話番号教えてよ」というようなことを言っていたようです(いかにもしそうですけど)。

彼女もまんざらでもなくて、「どうしようかな」と思っていたら、一緒にダンパに来ていたお茶の水女子大の友だちから「あなた、あれはウチダタツルという有名なワルモノなのよ。絶対付き合ったりしたらダメよ!」と厳重注意されたのでやめたのだと書いてきました。

これはちょっとあんまりだと思います。

だって、70年の五月祭ということは入学してまだ1カ月ですよ。悪評が広がるも何も、入学してからあとは、ほとんど毎日デモに行くか、空手の練習か、バンドの練習で、街に出て「悪いこと」する暇なんかは一瞬もなかったんですから。

なのにどうして悪評が……。

だいたい会ったこともない人が僕のフルネームを知っているというのがおかしいではないか。

たぶん、僕の高校のときのことが「針小棒大」の話になって都立高校生の間で知られていたんじゃないかと思います。

そう言われると、思い当たることがある。

入学後、クラス分けがあって、そこで全員が教壇に立って自己紹介をしました。出身校を言わなくちゃいけないので、僕は「日比谷高校を中退したウチダです」と言ったわけですけれど、挨拶を終えて自分の席に戻ろうとしたら、見知らぬ同級生が長髪をかき上げて「おう、お前が日比谷のウチダか。噂はいろいろ聞いてるぜ」とにやりと笑ったんです。

おい、いったい何の「噂」なんだよ、と思いました。

たしかに高校は中退しましたけれど、別に学内で大騒ぎを起こしたわけじゃないし、面白おかしいゴシップ種があったわけじゃない。

でも、高校生たちは噂好きですからね、きっとものすごく尾鰭がついて「教師を殴って出て行った」とか「同級生を妊娠させて退学になった」とか「身を持ち崩してバーテンダーになった」とかいろんな面白い話がされていたんでしょうね。

フランスへ卒業旅行

大学もたぶん中退するんだろうなと思っていたのですが、低空飛行の成績ながら仏文科に進学でき、気が付けば大学4年生になって、卒業の見込みも立ってきました。

そこで「だいたい単位も取れそうだし、来春にはなんとか卒業できそうです」と親に報告すると、たいそう喜んでくれました。

父も母も僕が本当に大学を卒業できるとは思っていなかったようです。

「そうか、卒業できるのか。それは結構なことだ。せっかく仏文科に行ったのだから、卒業旅行でフランスにでも行ってきなさい」と言って、ぽんと50万円のお小遣いをくれました。

今から40年以上前の、バイトの時給がようやく500円、ハイライトが70円の時代の50万円です。もらった僕も驚きました。

父は定年で三井造船を辞めた後に、土木機械会社の社長になっていました。田中角栄の「日本列島改造論」が引き起こした空前の土木工事ブームのおかげでゼネコンが大儲けしていた時代です。

父の土木機械の会社もその恩沢に浴して、父もやたら金回りがよかった。

父に頂いたそのお小遣いで74年の6月から9月まで、3カ月間フランスに遊びに行くことになりました。

でも、航空運賃はずいぶん高かったです。アエロフロートの往復チケットが25万円。3カ月の滞在費が25万円。まだまだ円が弱い時代で、1フランが60円でしたから、パリの物価は実感としては東京の2倍から3倍でした。

ですから、3カ月を過ごすには切り詰めてもぎりぎりという金額でした。

語学留学する学費なんかとても出せないので、ただ「フランスに滞在する」だけの旅行でした。

とりあえずパリに留学しているバイト仲間のジローくんの部屋に転がり込み、そこを拠点にパリ観光をしました。

7月に入って暑くなってきたら、地中海に海水浴に行って、ジュアン・レ・パンという避暑地のホテルに泊まったりしたので、たちまちお金が底をつき、秋になってパリに戻ってきたころにはホテル代にも事欠き、帰国直前はパリで知り合った日本人留学生たちの家を泊まり歩きました。

最後の3日ほどは食事する金もなく、帰りの飛行機に乗った時には、機内食が極上の美味に感じられるほど飢えていました。

まことに計画性のない野蛮な旅でしたけれど、面白いこともありました。

のちに朝日新聞の記者になる竹信悦夫くんという大学の友人とパリで合流して、二人でパリのおんぼろホテルに泊まり、1週間「パリ文学散歩」を楽しんだこと。

二人でフランス文学のトリビアクイズを出し合って、その「聖地」を訪ね歩きました。

パリには「あの作品の舞台になった街区」「あの作家が住んでいた家、通ったカフェ」はいくらでもあります。

それをメトロにも乗らず、徒歩で巡歴するだけですから、まことにお金のかからない娯楽でした。

大学院入試に3回落ちる

卒業論文では、モーリス・メルロー＝ポンティの哲学を論じました。

卒業論文を書くときは、自由が丘の6畳の下宿にこもって、ほとんど家から出ないで、本を読み、論文を書き続けました。

これが実に楽しかった。自分はこういうふうに本を読んで、研究して、論文を書くことが心底好きなんだということがそのときにわかりました。

それで、卒業した後は就職しないで（就職したくても、雇ってくれる会社もなさそうだし）、大学院に進んで研究者になろうという無謀なアイデアが浮かんできました。

何年か前、引っ越しのときにこの卒論が出てきたので読んでみました。

これが自分で言うのもなんですけれど、実にきちんと書けた、よい論文でした。

40年前に書いたものなんですが、そこで取り組んでいる主題は今の僕の研究主題とほとんど変わらない。

テーマは「身体論」です。

自分の考えを素直にわかりやすく書いていて、どこかで詰まると、その困惑しているプロセスも正直にそのまま書いている。ごまかすということをしない。

若い自分の書き物でしたが、「いい書き方をしているな」と思いました。

そのころから、教師に査定されてよい点をとるということには興味がありませんでした。それよりは自分自身が立てた問いに自分が納得できる解を得るために書く。だから、わからないところを「わかったふりをする」とか、難所を飛ばして、わかるところだけつなぐとか、そういう「せこい」ことをしていない。

学術論文というのは、同じ研究主題を論じる人が後から読んだときに手がかりになる「地図」のようなものです。「ここには谷がある」「この道は行き止まり」「この道を進むと、この尾根に出られる」とちゃんと書かれていないと地図の役は果たせません。失敗であっても、「こういう仮説を立てて論証しようとすると失敗する」ということを書いておけば、後から来た人は手間が省ける。

わかりやすく論理的に記述するのも、論拠となる出典の書誌情報に正確を期すのも、難所には「ここ難所」とアンダーラインを引いておくのも、すべて「後から来る人のため」です。

「後から同じ主題を論じる人のために書く」という点でいうと、この生まれてはじめて書いた学術論文において、僕は「学術研究というのは個人でやるものではなく、集団的な営みだ」ということをそれなりに理解していたように思えます。

卒論の点数は悪くなかったのですけれど、フランス語の出来が悪くて、東大の大学院には落ちてしまいました。

大学に入って駒場で過ごした3年間（1年留年したのです）はほとんど授業に出ないで、ひたすら学生運動とバイトと友だちとの大騒ぎで明け暮れていたわけですから、成績がいいわけがない。

仏文に進学してからやっとまじめにフランス語を勉強し始めたのですが、それでも同じ学年の学生たちに比べると2年のビハインドがある。初級文法の内容さえろくに理解しないまま、文学作品を読もうというのですから、ほんとうに大変でした。

大学院の試験科目はフランス語読解と仏作文と文法と文学史。特に文学史の問題はまことにマニアックで、小説の中で登場人物が語ったセリフがぽんと出されて、「これを解釈せよ」というような問題が出る。その小説を読んでいて、内容を覚えていて、その作品の文学史的意義とか、主題を巡る論争とかについて知識がないと一行も書けない。

でも、よくしたもので、ちゃんとそういうトリビアクイズにも答えられるような参考書がこの世にはあります。

それがギュスターヴ・ランソンの『フランス文学史』という1300ページほどの

本でした。中世から現代までのすべての作家とその代表的作品を網羅的に紹介して、個々の作品のあらすじ、読みどころ、歴史的意義などを見事なフランス語で記述してある。

ランソンを読んでおけば、オリジナルテクストを読んでいなくても、それについて論じることができるという、大学院受験生が泣いて喜ぶ参考書でした。

ランソンは名文家でしたので、ランソンを読んで、その「決めのフレーズ」を書き出して、それを暗記するということをすると、文学史の勉強と長文読解の勉強と作文の勉強が同時にできるということに気がついて、ひたすらランソンを読んで、書き出して、暗記するという受験勉強を2年間続けました。

それでも基礎学力の不足は覆い難く、結局75年、76年、77年と大学院入試には3回続けて落ちてしまいました。

その間はずっとバイト暮らしです。家庭教師をしたり、翻訳をしたりしてぎりぎり生活費を稼いで、あとはひたすら家にこもってランソンを読むだけという2年間。はたから見るとつらそうでしょうけれど、本人はいたって愉快に過ごしておりました。

3回目の院試が迫ってきたころ、早稲田を出て、やはり仏文の院試に落ち続けていた旧友ジローくんと渋谷の「ライオン」でばったり会って、そのときに「内田は都立大は受けないの？」と聞かれて、そのときはじめて東京都立大学（現・首都大学東京）の大学院にも仏文があることを知りました。

私立大学の入学金はとても払えないけれど、国公立なら自力で何とかなります。それで、77年の春は東大と都立大と二つ受けました。

都立大のほうは合格したので、卒業してから2年浪人のあと、77年の4月に晴れて大学院生というものになりました。

大学に入ってから7年目。もう26歳になっておりました。

高校時代の仲間たちはもう立派な社会人になっていて、高いスーツ着て、自家用車を乗り回していて、気の早いやつはローンを組んで持ち家まであるのに、僕だけまだ長髪に、穴のあいたジーンズで、風呂なし6畳のボロ下宿暮らしでした。

1966年の日比谷高校［その1］

かっちゃん

隔週で短いエッセイを連載しているので、『AERA』が毎週送られてくる。

寝転がって今週号をぱらぱら読んでいたら、なかほどのグラビアに「シリーズ21世紀大学」というタイアップ記事があって、そこに昭和大学が取り上げられていた。

あら……と思って、半身を起こして頁に目をこらしたら、小口勝司理事長が笑ってこちらを向いていた。

「かっちゃん」は日比谷高校の1年生のときの級友である。

僕は大田区のはずれのカントリーフレイバーな中学から日比谷高校に入って、がちがちに緊張していて、1年生のときから勉強ばかりしていた。

「かっちゃん」は神田明神の境内に住んでいる江戸っ子で、ぱりっとしたシティボーイだった。

僕はなんとなく敬して遠ざけ、前期の半年の間、たぶん一度も口をきいたことがなかった。

後期になって僕は生徒議会の議員というものに選出され、その集まりが昼休みにあり、午後の授業に数分遅刻して教室に入った。授業はもう始まっていた。

「生徒議会で遅れました」と担当のコジマ先生に言うと、「ああ」と鷹揚にうなずいて着席を許してくれた。でも、前のほうには空いている席がない（日比谷高校は大学と同じく、生徒たちは授業のたびに指定された教室に移動して講義を受けたのである）。

結局、一番後ろの席が一つだけ空いていたので、そこに座った。

教科書とノートを取り出して、遠くのほうの教卓を眺めていたら、教室の後ろの扉が開いて、僕よりさらに遅刻してきた「かっちゃん」が入ってきた。

彼は最後列に空いている席を探して、そのまま隣に座った。

「一つだけ空いていた」はずなのに彼が僕の隣に座れたのは、教室の後ろに置いてあったゴミ箱をひきずってきて、その上に当然のように自分の鞄を置いて、その上に座ったからである。

僕はびっくりして隣の「かっちゃん」の横顔をまじまじと見つめた。

「かっちゃん」は僕のほうを振り向いて、『ＡＥＲＡ』のグラビアにあるのとそっくりな笑顔でにこっと笑って、「ウチダくん、そんなに勉強して、どうするの?」と訊いてきた。

僕は授業中に急に話しかけられて、どぎまぎしてしまい、でも、「授業中だからあとにしてよ」みたいな優等生的なことは言いたくなかったので、「そ、それはね……」とつい本気で考え込んでしまった。

そのとき生物のコジマ先生が「そこ、うるさいぞ。しゃべるなら出て行け」と怒鳴ったので、僕はなんだかがっくりしてしまった。

それが高校に入って教師に怒られた最初の経験だったからである。

「最長不倒距離」がここで終わったか……と思ってなんだか気落ちしてしまったのである。

僕は恨みがましく「かっちゃん」のほうを見たが、彼は平気な顔でにこにこしていた。

その生物の時間のあと僕たちはなんとなく、校庭の銀杏の木の下までいっしょに歩いて、そこでそのまましゃべり続け、どういうわけか翌日いっしょにアメ横に行くということになった。

僕が中国製の「英雄」という「パーカーもどき」のペンを買いたいと思っているのだと言ったら、彼がアメ横に案内してあげると言ったのである。

翌日、二人でアメ横に行き、そのあとお茶の水の彼の家に行き、彼のフルートを聴いたりして、そのまましゃべり続けて、そのうちに夜になっても話が終わらず、ついでに晩ご飯をごちそうになり、そのまま彼の家に泊まってしまった。

いったい何をそんなに話すことがあるの、と「かっちゃん」のお母さんがびっくりしていたけれど、もう止まらなくなってしまったのである。

その日から高校2年の夏までの半年ほど僕はほとんど「かっちゃん」としゃべり続けていた。政治について、文学について、音楽について、革命について、恋愛について、高校生が話しそうな話題の全領域にわたってしゃべり続けた。

僕が「かっちゃん」から受けた影響ははかりしれない。

なにしろ僕はまだ16歳になったばかりで、ほんとうに「スポンジ」が水を吸うように、未知のことに対して開放的だったからである。

僕が彼から学んだいちばん大きな教訓は「こども」のままでは「おとな」になれない、ということだったと思う。

僕は「こども」でも知識や技能を身につけ、経験を積むと「おとな」になれると思っていた。

「かっちゃん」はそれは違うと言った。「こども」と「おとな」の間には乗り越えがたい「段差」がある。

そして、その段差を超えるときに、「こども」のもっている最良のものは剝落して、もう二度と取り戻せない。

その「段差」はだんだん迫っている。いまのこの時間は「こどもでいられる最後の時間」なんだ。だから、その時間を味わい尽くさなければならない。

「かっちゃん」は16歳ですでに自分のもっているもののうちで「限りあるもの」のリストを作っていた。

僕はその理路がよく理解できなかった

けれど、それから半年ほど他の仲間たち（それはほとんど全員「かっちゃん」の友だちだった）と「限りあるもの」を味わい尽くすというプロジェクトに熱中した。それはめちゃくちゃに楽しい日々であった。

そして、ある日「かっちゃん」は「おしまい」を宣言した。

僕にはその意味がよくわからなかった。「もっと遊ぼうよ」と僕はごねた。

かっちゃんは「おしまいがあるから楽しいんだよ」とちょっと悲しそうな眼をした。「さあ、おとなになろうぜ」

僕はそのあともなかなか「おとな」になれず、ずいぶん苦労をすることになった。

「かっちゃん」はちゃんと「おとな」になって、祖父が建学した昭和大学医学部に入り、卒業して大学に残って、研究者になり、やがてその大学の先生になり、理事長になった。

だから、58歳になった「かっちゃん」の笑顔は17歳のときに見たのとあまり変わらないのである。

（２００８年11月13日）

第2章

場当たり人生、いよいよ始まる

合気道という修行

内田家「士道軽んずべからず」

僕が合気道の師と仰ぐ多田宏先生に出会ったのは、大学を卒業して、「卒業即プー」で無業者として自由が丘でぶらぶらしていた25歳の冬でした。

子どものころから武道に強い憧れがありました。小学校4年生から3年間剣道の道場に通っていました。心臓の病気のせいで、学校体育の走ったり、跳んだり、泳いだりということは校医に禁じられていたのですが、どうやって親をだましたのか、近所の道場に朝稽古に通うようになりました。

こういう好みには家風が影響するのかもしれません。

内田家は山形県鶴岡の士族の家系です。四代前に内田柳松という人がいました。武蔵嵐山の農家の人でしたが、幕末に剣客を志して江戸に出て、千葉周作の玄武館で北辰一刀流を学びました。

文久3年（1863年）に清河八郎、山岡鐵舟らが攘夷のために剣客を募った浪士組に加わりました。清河に率いられて京都に上った隊士名簿の一番隊に内田柳松の名が残っています。

ちなみに浪士組は六番隊まであり、三番隊には芹沢鴨、近藤勇、土方歳三、沖田総司らの名があります。京都で浪士組は分裂し、壬生に残った浪士たちは会津藩預かりの新選組となり、江戸に戻った隊士たちは庄内藩預かりの新徴組に組織されました。柳松はそのまま藩主に従って鶴岡に移り、そこで戊辰戦争を戦いました。そのときに藩士に取り立てられ、父の代まで鶴岡の新徴組隊士たちが住んでいた鶴岡大宝寺町の「新徴組屋敷」の一角で暮らしていました。

新選組の近藤や土方もそうでしたけれど、武蔵の農家の出で士分になった剣客たちは過剰なまでに「士道」倫理にこだわりました。おそらく柳松もそうだったのでしょう。ですから、内田家には「士道軽んずべからず」という家風が濃厚に残っていました。その家風が僕の代まで残存していたのでしょう。子どものころから「武士」というものにつよい憧れがありました。

小学生から中学1年まで剣道に通い、予備校時代に空手を始め、大学でも空手部に入部しました。1年の秋に空手部を退部になったわけですが、どうしても武道を稽古したいので、それからいろいろな武道の道場を訪れました。

でも、どこでも私淑したいような武道家に会うことができなかった。数カ月通ってはそのままやめてしまうということをいくつかの道場で繰り返しました。そして、25歳のときにようやく合気道自由が丘道場師範の多田宏先生に出会って、生涯の師を見つけることができました。

多田先生は実力においても、見識の深さにおいても、日本武道界を代表する中に数えられる卓越した武道家です。僕が入門したときはまだ40代でした。壮年時代の多田先生に出会い、以後40年以上、その謦咳《けいがい》に接することができたのは、僕にとって宝物のような経験です。

1975年の冬、僕は大学を卒業したけれど、職もなく、バイトで食いつなぎながら、その日暮らしをしていました。

大学3年のときから自由が丘に小さな部屋を借りて住んでいました。子どものころからなじみのある、居心地のよい街でした。

ある晩、自由が丘駅南口の通りにあるジャズ喫茶にビールを飲みに行く途中、ふだんは白髯の小柄な老人が子どもたちに柔道を教えている古い道場の前を通りかかりました。その日は子どもではなくて、柔道着を着て袴をつけた大人たちが投げ技のようなことをしていました。

なんだろうと思って、入り口のところにしゃがみ込んで、カーテンの隙間から中を覗いていました。

それに気づいた一人の色白の青年が玄関を開けて、「見学するなら中にどうぞ」と招じ入れてくれました（のちに笹本猛さんという方だと知りました。この人がいなかったら、たぶん合気道を始めていなかったと思うと、僕の運命の転轍《てんてつ》点になった方です）。

そのまましばらく玄関先に座って、稽古を眺めていました。案内してくれた青年が隣に座って、「入門案内」を手渡してくれました。

「これは何をしているんですか?」と訊いたら「合気道です」と答えて、合気道がどういうものか簡単に説明してくれました。

口頭での数分の説明で合気道が何であるかわかるはずもないのですが、その青年の言葉づかいが丁寧なことがうれしくて、「入門します。明日から来ます」と即答してしまいました。

それまで見学に行った武道の道場ではどこも入門希望を告げても、かなり横柄な対応をされることが多かったからです。対応してくれた人に敬語で話しかけられたことは自由が丘道場が初めてでした。

生涯の師との出会い

多田先生にお会いしたのは入門して２週間ほどしてからです。もう何度も書いていることですが、入門したのが12月はじめで、数回稽古に出たくらいのところで納会がありました。

「内田さんも来ますか」と（たぶん儀礼的に）お誘い頂いたのですが、これも「はい」と即答して、当時の多摩川園前にあった松籟荘という料亭旅館での納会にでかけました。

そのときに多田先生と初めてお話しする機会を得ました。

先生は当時46歳になられたばかりで、筋骨隆々。頬骨が高く、眼光鋭く、近づき難いほどの激しいオーラを発していました。

そのせいか、多田先生の周りには誰もいない。先生は無言で一人あたりを見回していました。

これは好機と思って、先生ににじり寄り、「このたび入門した内田です」と一礼して、先生のグラスにビールをお注ぎしました。

すると、先生が僕の顔をじっと見て、「内田くんはなぜ合気道を始めようと思ったのかね?」とお訊ねになった。

僕は「はい、喧嘩に強くなりたいと思って」と答えました。

愚かなことを言ったものだと思います。

でも、半分は本気でした。70年代はじめの大学キャンパスは、出合い頭にいきなり殴り合いが始まることもあったなかなかワイルドな場所でしたからです。武道を嗜《たしな》むことは活動家にとってても実践的に有用なことでした。

でも半分は先生に対する挑発的な気持ちがあったのだと思います。こういう答え方をしたら、この先生はどう対応するだろう。その出方によって師とすべき人物かどうか見極めてやろうというような生意気な気持ちがきっとあったんだと思います。

25歳ごろの僕は、今でも思い出すと天を仰ぎたくなりますけれど、ほんとうに犯罪的なほどに「態度の悪い」若者でしたから。

僕のこの頭の悪い答えに、多田先生は破顔一笑で応じてくれました。

「そうか、そういう動機で始めてもいい」

これが多田先生のお答えでした。

これは僕にとってはまことに意外な言葉でした。

どう考えても「喧嘩に強くなるために武道を始める」と言うような入門者には一喝が加えられるはずだからです。

「馬鹿者、武道は喧嘩の道具ではない」とか「そのような間違った動機で武道を修行することは許さん」というような返事があるかなと僕は内心期待してたのだと思います。


無意識のうちにそういう一喝を望んでいたのかもしれません。

それまでずっと武道を修行したい、師に就きたいと願っていたのは、自分のような「ろくでもない人間」がこのままこんな喧嘩腰の生き方を続けていたら、いつか取り返しのつかないほどひどい目に遭うに違いないという気がしていたからです。

自分が激しく傷つくか、誰かを激しく傷つけるか。そうなる前に、性根を叩き直さなければいけないという「焦り」があった。だからこそ、多田先生にさえつっかかっていった。

ところが、多田先生は叱るどころか、にっこり笑って、「そういう動機で合気道の稽古を始めても構わない」とおっしゃってくれた。

僕の子どもっぽい挑発は軽くいなされてしまった。それ以上に温かいものを僕は先生の表情と言葉から感じました。

どんな動機から入門しても構わない、というのは、君がこれから私に就いて学ぶことになるものが何であるかを今の君は理解できないし、それを表現する言葉さえ持っていないからだ。だが、私に就いて学ぶうちに、君は今の君が知らない世界に踏み込み、今の君はそんな技術が存在することさえ知らない技術を会得し、今のような愚かしい言葉を決して口にすることがないような人間に成長するだろう。

多田先生は「そういう動機から始めてもいい」という一言のうちにそれだけのメッセージを込めていたのだということは後になってわかりました。

とにかく僕はその一言に感動して、そのときに「この先生に一生ついてゆこう」と心に決めました。１９７５年の12月の末のことでした。

子弟システムのダークサイド

多くの師は無意識のうちに「弟子が自分に劣る」状況を作り出そうとします。

そういう設定にしたほうが教育的には有効だからです。

「絶対に乗り越えられないほど卓越した師に就いている」と信じ込んだほうが弟子にとって術技の向上にとっては効率的です。

これは経験的に確かです。師に「これをしろ」と命じられたことは、何も考えず、愚直に稽古する弟子のほうが、「先生は『これをしろ』と言ったが、自分はあまり意味がないと思うので、やらない」というような小賢しい弟子よりも上達する。

絶対に上達する。当たり前です。

それは武道だけに限りません。芸能の世界でも、学問の世界でも同じです。

ただ、このシステムには「ダークサイド」がある。

それは、つねに弟子が「師を乗り越えることはできない」と思い続けるように仕向けるために、弟子が上達しないように、弟子の成長を無意識のうちに阻害するように先生がふるまうリスクがあることです。

そういう先生は残念ながら、かなりの頻度で登場してきます。

先生自身には「そんなこと」をしている気はないのです。

でも、弟子が自分を追い抜かないように、ある段階より上に行かせないように、弟子のやる気を挫《くじ》いたり、弟子の自信を失わせるようなことを無意識のうちにしてしまう。

そういうことをしていると先生自身も気づかない。もちろん弟子も気づかない。

というのは、先生が弟子を「伸ばすために言うこと」と「潰す（までゆかなくとも、「足踏みさせる」）ために言うこと」は言葉の表面だけ見るとよく似ているからです。

外側から見ただけではこの両者はなかなか識別が難しい。昨日今日入門した程度の初心者にはたぶん同じに見えるでしょう。

どんな分野でもそうです。学問の世界でもそうです。横で見ていると、岡目八目でその先生に「本気で弟子を育てる気があるかどうか」はわかります。でも、弟子にはわからない。

多田先生は初めてお会いしたときから、「伸ばす先生」だということがわかりました。

多田先生は道場でしばしば澤庵禅師の『太阿記』の冒頭の言葉を引用されます。

「蓋《けだ》し兵法者は勝負を争わず、強弱に拘《かか》わらず、一歩を出でず、一歩を退かず、敵我を見ず、我敵を見ず。天地未分陰陽不到の処に徹して直ちに功を得べし」

武道家は勝敗を争い、強弱を競うために修行するのではない。そのような相対的優劣を競う境位を離脱し、自分の蔵する生きる知恵と力を最大化し、「いるべきときに、いるべきところにいて、なすべきことをなす」人間になること、それが修行の目標であると多田先生は教えられてきました。

ですから、道場で合気道を稽古するのは、合気道の強弱や巧拙を競うためではなく、そこで自分の潜在能力を最大化する方法を会得するためです。

先生はよく「道場は楽屋である。道場から一歩外に出たところが本番の舞台である」と言われます。

道場では失敗を恐れずに、あらゆる仮説を試みる。道場の中では「ちょっと待って」も、「今のなしね、やり直します」も許される。でも、道場を一歩出たら、それは許されない。仕事でも、人間関係でも、一度口から出た言葉も、一度してしまったことも取り返しがつかない。

道場の外に自分の「現実」の生活がある。そこが僕たちにとって真剣勝負の場なわけです。そこで正しくふるまうための心と身体の使い方を道場で身につける。生きる知恵と力はどうすれば最大化するか、その課題を自分で考える「実験室」が道場です。実験室内ではどんな仮説を立てて、どんな実験をしてもよい。そして、そこで得られた知見を「実験室外の現実」に適用する。

ラテン語でin vitro／in vivoという対になっている言葉があります。

in vitroは「ガラスの中で、試験管の中で」、つまり完全に条件が制御された実験室の中を指します。

in vivoは「生体のうちで」、つまり現実の世界を指します。

多田先生が言われているのは、道場はin vitroである。道場の外はin vivoである。現実で生かすために道場での稽古がある。

だから、道場ではむきになって稽古するが、現実では社会性がないとか、能力や資質を開花させられないという人は修行の本旨に反することをしていることになる。

「一人ひとりに違う合気道がある。学者は学者の合気道を、音楽家は音楽家の合気道を、技術者は技術者の合気道を、みんな一人ひとりが違う自分の合気道をすればいい」というのが多田先生の教えです。

先生の門下には東京大学の気錬会、早稲田大学の合気道会がありますが、多田先生に就いて修行した学生たちのうちには自然科学系の研究者になるものが少なくありません。

それを見ていると、たしかに彼らが「研究者としての合気道」を稽古してきて、その成果が本職のほうで現れたということがわかります。

稽古で筋骨が逞しくなり、心肺能力が向上し、ストリートファイトをしても負けなくなったというような成果は実は副次的なものに過ぎず、ほんとうに身についたのは、それぞれの専門領域での知恵と力の使い方だったということです。

自分のことを言うのはいささか気が引けますけれど、僕がこれだけたくさんの本を書くことができたのは、自分なりに「学者としての合気道」とはどういうものかを探求してきて、学者としての知恵と力の使い方をそれなりに会得したことの成果だろうと思います。

機を見る力、座を見る力

「いるべきときに、いるべきところにいて、なすべきことをなす」ということが武道のめざすところです。

でも、それは自分の「いるべきとき」「いるべきところ」「なすべきこと」は何だろうときょろきょろすることではありません。

そこが難しい。

それは自分で選ぶものではないからです。

流れに任せて、ご縁をたどって生きていたら、気がついたら「いるべきところ」にいて、適切な機会に過《あやま》たず「なすべきこと」を果たしている。

そのことに事後的に気がつく。

武道をしっかり修行していると、そのような順逆の転倒が起きる。

必要なものは、探さなくても目の前にある。

喩《たと》えて言えば、大きな川に出て、さてどうやって渡ろうかなと思案していると、そこに渡し船が通りかかって、船頭さんが「乗らんかね」と声をかけてくれる。そして、川を渡り終わると、船はすっと消えてゆく。

そういうことが人生の節目節目で連続して起こる。それが「武運」というものであって、それに恵まれるようになるために武道の修行をするのだ、と多田先生に教わりました。

事実、多田先生はイタリアで50年以上合気道を教えていますが、１９６４年にはじめてイタリアに行かれたときにはつても何もありませんでした。もちろん、お金もなかった。

けれども戦前、植芝道場に縁があったイタリア人がいて、その人の斡旋で弟子が集まり、稽古場も借りられ、次々と弟子たちが新しい稽古場を開拓してくれた。講習会の大きな会場を探していたら、弟子が見つけて来てくれた。法人格を取得したいと思っていたら、専門家と知り合いになった……。一番劇的なのは、多田先生が月窓寺道場を建てることになった経緯ですけれど、これは多田先生のお宅の隣に住んでいた若いお坊さんとたまたま親しくなったら、やがてそのお坊さんが吉祥寺の月窓寺という名刹の住職になり、境内に使っていない建物があるから「道場にどうですか」と多田先生に提案した、という話です。「わらしべ長者」のような話ですけれど、「会うべき人に会うべきときに会い、必要な支援がそれを必要としているまさにそのときに差し出される」というのは奇跡でもなんでもなくて、多田先生にとっては当たり前の経験則なのです。

それを「強く念じたことは実現する」というふうに言うこともできますし、「自分の思いが実現できそうな環境や人間関係」に直感に導かれて自分から近づいていっているとも言えます。

さきほどの渡し船の喩えを使うなら、その状況は「川を渡りたいと思っていたらちょうどそこに渡し船が来た」とも言えるし、「渡し船が来るところにぼんやり立っていたら、船頭に声をかけられ、『乗らんかね』と言われたので、『そう言えば川を渡ってみたいような気もするな』と思った」という順番でことが起きた可能性もある。

僕はなんとなく武運というのは後者ではないかという気がするのです。

どんなとき、どんな場所でも、僕たち一人ひとりには、自分にできること、自分にしかできないことがあります。とりあえず、その場にいる他の誰もできないことが、自分にだけはできるということがある。

でも、ふつうはそれがなんだかはわからない。

修行を積むと、「今、ここでだと、私だけができること、他ならぬ私が最もそれに適した仕事がある」ということがわかるようになる。

そのときに、ふっとそれが「自分が前からずっとしたいと願っていたこと」のように思えてくる。

ここが武運の勘所です。

「自分が今特に無理せずにできること」が「自分がそれをすることを宿命づけられていたこと」だと思えたら、誰だって、当然のようにそれをしますよね。

そういうのは、外からは「呼びかけ」とそれへの「応答」のように見えるんだと思います。

「誰かこの仕事できる人いませんか?」という呼びかけがある。周りを見渡すと誰も手を挙げない。自分にその仕事ができるかどうかわからないけれど、なんとなく「やればできそう」な気もする。そこで、「あの～、僕でよければ……」とそっと手を挙げてみる。

僕たちが「天職」に出会うときのきっかけって、だいたいそういう感じなんかじゃないかと思います。

とりあえず僕はそうでした。

翻訳家のバイトを始めたときも、友だちに頼まれて、深い考えもなく「いいよ」と即答したことから始まりました。それがきっかけになって平川克美くんをバイト先に引き込むことになり、やがて平川くんが独立して翻訳会社を立ち上げるときに「内田、会社やんない?」と言われて、深い考えもなく「いいよ」と即答したことから起業して、会社経営者になりました。

レヴィナスの翻訳も、指導教官だった足立和浩先生のところに出版社から翻訳依頼の電話があったのを、足立先生がいまは手一杯で無理だよと断ろうとしたときに、たまたま僕がその場に居合わせて、「そういえば、修論でレヴィナスのことを書いていたのがドクターにいるんだけれど、そいつじゃダメ?」と足立先生が思いついて、僕に「あとは自分で営業しろよ」と受話器を手渡したところから始まったのでした。

すべてご縁のものです。どれも「あの〜、僕でよければ、やりますけど」というあまり主体的ではない流れの中で、その後の人生を決定づけるような出来事が起きた。

どれも、「はい、やります」と言ったあとに「そういえば、これがなんだか自分の天職であるような気がする」というふうに思うようになった。

ですからその様子を外から見ると「強く念じたことが実現した」というふうにも見えるし、「いるべきときに、いるべきところにいて、なすべきことをなしている」とも見える。

そういうことではないかと僕は最近思っています。

翻訳会社アーバン・トランスレーション

翻訳会社でアルバイト

アルバイトは学生時代から実によくやりました。

大学1年生のときには日本進学教室という小学生相手の中学受験予備校のスタッフに採用されました。

日本進学教室は当時中学受験の最大手で、児童数3000人、学生スタッフ70人が作問、採点、進路指導などをして働いていました。

働いている学生の半分くらいは活動家崩れでした。中核派、叛旗派、情況派、ML同盟、革マル派、第四インターと各セクトの諸君がいました。

最初のうちこそ角突き合わせてつかみ合いの激論ということもありましたが、一緒に仕事をして、マージャンやったり、居酒屋で飲んだりしているうちに、たちまちみんなすっかり仲よくなってしまいました。

学内ではなんであんなにいがみあっていたんでしょうね。

大学3年までそこでバイトをして、3年生のときに翻訳会社の翻訳者兼デリバリーボーイというものになりました。

呼んでくれたのは、パリで一緒だった竹信悦夫くんです。彼がその翻訳会社で働いていたのですが、3年生の秋に「内田、オレはしばらくパレスチナに長いわらじを履くから、オレがやっていた仕事を引き継いでくれよ」と、その穴埋めにお声がけいただき、深い考えもなく引き受けたのです。

デリバリーボーイというのは、クライアントである商社やメーカーから出る翻訳原稿を取りに行き、それを訳者のところに届け、それを回収して、タイピストのところに届け、タイプアップしたものをクライアントのところに届けるという仕事です。

仕事が立て込むときはけっこう移動しますけれど、何もないときは一日何もない。クライアントがかたまっている丸の内や東京駅近くの喫茶店で終日読書して、それでおしまいということもありました。

翻訳もずいぶんやらせてもらいました。これはちゃんと別料金でバイト代がいただけます。

学生ですから、あまり難しいものや重要なものは回ってきませんけれど、なにしろ当時は総合商社が音頭取りをして、日本のメーカーがダムやら火力発電所やら鉄道やらをプラント輸出していた時代ですから、関連書類の翻訳が出るときはほとんど「キロ単位」で出ます。

国際入札の前などは、短期間にダンボール何箱分のドキュメントを翻訳しなければならないというようなことが起きる。そうなるともう「猫の手も借りたい」ということになります。

ですから、70年代の中ごろから、雨後のタケノコのごとく翻訳会社が生まれ、75年ごろ、東京だけで翻訳会社が600社ありました。

僕が働いていた翻訳会社も、「これから翻訳の需要が増えるぞ」とビジネスマンから教えられた女性（宝塚歌劇団にいた人で、翻訳業と何の関係もない人でした。でも、コネクションだけは各界に広かった）が立ち上げたものです。

翻訳会社といっても訳者を雇い入れるわけではありません。

訳者たちは全員がフリーランス。タイピストもフリーランス。翻訳会社といっても、実質は「受注して、ピックアップして、訳者・タイピストに仕事を放り込んで、回収して、納品」というデリバリー業でした。

無職から二足のわらじ生活へ

翻訳会社の仕事は大学を卒業してからも、しばらく続けました。

仕事が増え続ける業界だったので、「猫の手」でいいからと社長に頼まれて、友だちを次々とリクルートして、会社にアルバイト要員として入社させました。

その中の一人が小学校時代からの友人の平川克美くんです。

彼は早稲田大学の理工学部にいたのですが、学生運動の退潮期から大学に寄り付かなくなり、渋谷の「ライオン」に通って、ひなが一日詩集を読むという非生産的な生き方をしていたので、「来ない？」と誘ったら、すぐに来て、働くようになりました。

僕は3人バイト学生を紹介した後にバイトを辞めましたが、僕が誘い入れた諸君はそのままそこに残り、それぞれ卒業した後には正社員に採用されました。

僕が辞めて1年ほど経ったころに、その平川くんから声がかかりました。

「あそこ辞めて独立するから、一緒にやんない？」

僕は院試の受験勉強をしているころで、この次も落ちたらそろそろ身の振り方を考えなければいけないと思っていました。

でも、僕たちのような特技もないし、新卒でもない、「過激派学生」崩れを採用してくれるまともな会社なんかないだろうから、「自分たちで会社を創立する」というのは、コロンブスの卵的な発想に思えました。

そこで平川くんと、前の翻訳会社にいた二人（この二人は僕が誘い入れた人ではありません）と4人で、渋谷の道玄坂に「アーバン・トランスレーション」という会社を立ち上げました。

会社ができたのは1976年の暮れでした。

会社を始めてしばらくして都立大の院試に合格したので、4月から会社と大学院の二足のわらじを履くことになりました。

それまでぼんやり「無職」だったのが、いきなり忙しくなりました。

村上春樹の『1973年のピンボール』という小説には、大学を出た後、友人と二人で渋谷で翻訳会社を経営することになった若者が出てきます。

平川くんはよく知り合いから、「この小説のモデルは平川さんたちでしょ?」と聞かれたそうです。

たしかに、登場人物と僕たちの境遇はよく似ていました。

あの時代に渋谷に20代の若者が学生時代の友人と設立した翻訳会社なんてうちしかありませんでしたから、どうやって僕たちのことを知ったんだろうと不思議な気持ちになりました。

でも、ほんとうに才能のある作家（スティーヴン・キングとか）は多くの読者たちに「どうして私のことを書くんだ？」という疑問を抱かせるそうですから、これもそういう現象なんだと思います。

『ピンボール』の主人公は会社を始めた後に、自分たちが実に豊かな鉱脈を掘り当てたことに気付きますが、それは僕たちも同じでした。

起業して間もないのに仕事は降るようにあり、毎月売り上げが倍々ゲームで増えていく。面白いほど儲かりました。

早い、安い、ミスが少ない

アーバン・トランスレーションはたしかに優秀な会社でした。

これはいい翻訳をするという意味ではありません。当時、翻訳会社は東京に600社ありましたが、実際に翻訳をするプロのトランスレーターはみなフリーランスで、ほとんど同じ人たちの「使い回し」でしたから仕事の質は変わらないんです。

違うのは仕事を受け付け、納品する「窓口」である翻訳会社だけです。

つまり、中身は全部が同じ団子なのだけれど、売っている団子屋が違うという仕組みでした。

となると団子の質ではなく、「この団子屋のほうがちょっと安い」と「ちょっと納品が早い」とか「包装用紙がおしゃれ」とかいうほんとうにわずかな違いで競争における相対優位が取れる。

アーバンは中間搾取をごく低く抑えていました。学生のバイト気分の延長だったので、自分たちの給料も低く抑えていたし、家賃だって驚くほど安いところを借りていたので、経費がかからない。

何より仕事のスピードが速かった。クライアントから電話があると、すぐにバイクで原稿を取りに行き、そのまま訳者のところに走り込んで、急ぎのものはその日のうちに納品する。

僕たちのアドバンテージは全員がバイク乗りだったことです。東京都内は自動車より地下鉄よりバイクが一番速いんです。どこでも止められるし、一方通行だって歩道だって押してゆけば通り抜けられる。

それから僕も平川くんも営業マンであり、デリバリーボーイであると同時に経営者でもあるわけですから、その場ですぐ値段や納期の交渉ができる。いちいち「上に相談してからご返事します」ということがない。即断即決。

それに僕はインハウス・トランスレーターでもあったので、短いものはその場で訳して、その場で納品するという芸当ができた。

そのおかげで「アーバンは仕事が早い」という評価を得ることができました。

中間搾取が少なく、支払いが早いので、トランスレーターや通訳やタイピストからも好評でした。

自分たちで会社をつくって、仕事を始めてみたら、なんだかすごくうまくいった。

少し前まで平川くんも僕も「日帝打倒」というようなシュプレヒコールに唱和していたのですが、「あら、資本主義って、わりといいシステムじゃん」と思うようになりました。


ごくふつうに、関わる人たち全員ができるだけ得をするような仕組みをつくってやればちゃんと儲かるんです。

それは先ほども言った通り、売っている商品がほとんど同じで、店舗の仕掛けが違うだけというきわめてシンプルなゲームだったからです。わずかな工夫の差がすぐに売り上げに反映する仕組みだった。

だから、スケールメリットとか「のれん力」とか発注担当者への袖の下とかいう、本当の会社経営だったら、仕事の質とは関係ないところで売り上げに関与するファクターが働きようがなかったのです。

何より、会社として若かった。社長も僕も創業時に26歳でした。同業者のなかでたぶん社員の平均年齢が一番若い会社だったと思います。

それが面白がって「会社ごっこ」のようなことをしていたら成功しちゃったわけですから、笑い声が絶えず、まことに機嫌がよい。

そういう「機嫌のよい、明るい会社」ですので、いろいろな人がやってきて新しい仕事を持ち込んでくれました。

「版下作成もしてみない?」「印刷もやってみない?」「リーフレットを編集してみない?」「本出さない?」という具合に、いろいろ知らない仕事を持ち込んでくる。

よくそういうのを持ち込んできたのは僕らが下請けで出入りしている会社の営業マンたちでした。

朝、「営業に行ってきます」と言って会社を出て、まずアーバンに来る。そしてコーヒーを飲んで、僕たちとおしゃべりをして、マンガやバイク雑誌を読んで、だらだらしている。

気楽だからそうしているんでしょうけれど、そういう生活態度を合理化する一番いい方法は、実際に「アーバンに仕事で来ている」という関係をつくればいいわけです。だから、「ねえ、アーバンでこれやらない？　できるよ、君たちなら」と仕事を持ち込むようになった。

そのころ、日本ではじめて売り出されたアメリカ製のコンピューターの宣伝パンフレットを訳したことがあります。

商品説明の英文パンフレットには、二人のカリフォルニアの青年がガレージにこもってはんだごてを使って、世界ではじめて「パーソナルコンピューター」なるものを作り上げたという話が書かれていました。

僕はそれを訳しながら、「いい話だなあ。僕とあまり年齢も変わらないのに電子計算機の新しいコンセプトを創造したのか、偉いぞ。頑張れよ」と思いました。

それはAppleのMacintoshのパンフレットでした。まさかその後、スティーブ・ジョブズとスティーブ・ウォズニアックがレジェンドになるとは思いませんでした。

翻訳業の限界を感じて

70年代はコンピューターが進化していた時代で、アーバンもいろいろ新奇なものを導入しました。

ワードプロセッサーも出始めのものを買いました。ワングというアメリカのメーカーの製品で600万円でした。

図体は大きいのにディスプレーは小さくて、一度に3行ぐらいしか表示されない。キーボードで文字を打つと、黒い画面にグリーンの光る文字が出てくるというものです。

それまではIBMの電動タイプライターを使っていました。草稿をタイピストが打ち、タイプミスがあると間違った箇所だけコレクションテープを打ち抜いて修正し、その上に打ち込むという、見たことのない人に口で説明してもわからないと思いますが、そういう方法でタイプミスを修正していた。

納品した先で語句の修正が一字でもあると、その一字の修正のためにタイピストのところまでまたバイクを走らせて戻る……というような手間のかかる仕事をしていたのです。それが、ワードプロセッサーだと、打ち間違いや語句の修正があっても画面上で一瞬で修正できる。

「ディスプレーに出ている文字を直せばそれですむんだよ。もう修正液を塗ったり、コレクションテープを貼ったりしなくてよくなったんだよ。いい時代になったね……」

と興奮して話し合ったことを覚えています。

70年代なかばから、ものすごい勢いでオフィスのオートメーション化が進行しました。

今でも忘れられないのは、僕が技術翻訳からきっぱり足を洗うきっかけになった事件です。

あるとき、どこかの電機メーカーからマニュアルの英文和訳を依頼されました。それまであまり使ったことのなかった訳者で「電気系に強い」という評価の人がいたので、その人に仕事を回し、訳稿を回収して納品しました。

しばらくするとクライアントが激怒して電話をかけてきました。

「この翻訳は何だ！　全然意味がわからんじゃないか！」

あわてて訳稿を回収して、社内で検分しました。たしかにクライアントが怒るのももっともで、何が書かれているのかぜんぜんわからない。

「あのさ、この何度も出てくる〝くるくるまわる円盤〟って何だろう？」

どうもそれがキーワードらしいのだけれど、意味がわからない。原文を見るとfloppy diskとある。

「平川、『フロッピー・ディスク』って何のこと?」

「さあ、知らねえな。聞いたことない」

周りの諸君も誰も知らなかった。

僕もそれまでずいぶん技術翻訳をしてきました。文系の人間でも、ことがニュートン物理学の範囲であれば何とかなりました。

でも、この「くるくるまわる円盤」の出現によって、高校までの物理の知識で技術翻訳ができる時代は終焉したということがわかりました。1970年代の終わりごろのことです。

研究者生活の実情

助手になったが仕事がない

しばらく翻訳会社と大学院生の二足のわらじを履いていましたが、1982年の4月に東京都立大学の助手に採用されることになって、アーバンを辞めることになりました。

そのとき僕は博士課程の2年目が終わるところでしたが、助手のポストに欠員ができたので、まだ在学中でしたが、「助手にならないか」と声をかけてもらったのです。

ふつうは3年間の博士課程を修了し、単位取得満期退学となって、それから職探しという順序になるのですが、幸い僕は在学中に定職に就くことができました。

しかし、助手になれたからといって、ずっとその大学にいられるわけではありません。専任教員ポストがみつかるまでの腰掛けです。

「いつとは期限は切らないけれど、できるだけ早くどこかの大学に専任のポストを見つけて出て行くこと。それまでは研究に専念して、その間に業績を積みなさい」という条件でした。

都立大の場合、助手は授業を担当しないので、仕事らしい仕事はなく、在職中に業績を上げることが本務でした。

とにかく研究してさえいればいいというありがたい身分です。東京都の公務員に採用されたわけです。年齢も30を越していたし、既に結婚して扶養家族もいたので、結構なお給料を頂きました。でも、出勤するのは週２日だけ。週休５日です。出勤しても、仕事内容は電話番とコピー取りとお茶くみぐらい。

でも、この破格の待遇がある種の「トラップ」でもありました。

怠けようと思えば、いくらでも怠けられるのです。

助手の身分につい安住してしまう。別に年限に区切りがあるわけではないので、研究に気乗りがしないいままずるずるずるずると居続けると、うっかりと定年まで助手という人も出てくる。

専任の教授、助教授たちの中にも地位に安住して、教育にきわめて不熱心な人たちは散見されました。

大学に成果主義とか評価活動とかが導入されるよりはるか前のことですから、働かない教師はぜんぜん働かない。

「労働者でありながら、働かないで給料をもらうことが資本主義体制に対する戦いなのだ」というような奇怪な左翼的ロジックを語る人さえおりました。

僕はせっかく教員に採用されたのに、授業を持たせてもらえないことにだいぶいらだっておりました。

僕は働き者ですから、仕事がしたい。だから、研究室の大掃除をしたり、書架の整理をしたり、あれこれと学部生の相談に乗ったりして、なんとか給料分の働きをしようとしたのですが、悲しいかな、給料分の仕事がない。

だから、たしかに「腰掛け」ポストであって、長居をしてはいけないところだったのです。でも、なかなか外に出られない。

採用されるときには「2、3年で出て行ってくれ」と言われて、僕もそのつもりでいたのですが、結局8年も助手をすることになりました。

32校の教員公募に落ちる

助手になった初年度から大学に来る教員公募には全部応募しました。北は帯広畜産大から南は琉球大学まで。あらゆるフランス語教員公募に応募したのですが、すべてに落ちました。8年間で32校の公募に落ちました。

なぜそんなに落ちたかというと、これはかりは運が悪かったとしか言いようがありません。

向こうの「採用したい人」のイメージと僕の履歴や研究内容がミスマッチだったのです。

採用する側はそれなりの採用したい人の条件があって、それは必ずしも「学歴業績ともに優れていること」ではないからです。

その大学にすでにいるフランス語の専任教員（その人が選考に強い影響力を及ぼします）とのマッチングがかなり重要になります。

「その人と専門領域がかぶらないこと」「その人より年齢が下であること」、場合によると「その人より業績が劣ること」などが選考において重要な条件になることがある。

僕の場合は専門領域がかぶる心配はなかったのですが（なにしろ、誰もやらないような領域を研究していたので）、僕が扱っていたのが政治史、思想史、哲学、宗教などふつうのフランス文学者がやらないテーマだったので、その研究業績がどれほどのレベルのものか査定ができない。

同じような研究を日本国内でやっている研究者がいないので、「格付け」ができない。

そのころ、僕は19世紀の終わりから20世紀にかけてのフランスの反ユダヤ主義と極右の政治思想を研究していました。

学術的な分類から言えば「政治思想史」に入ります。

けれども、僕が扱っていた反ユダヤ主義とか狂信的ナショナリズムというのは、「時代に取りついた精神的な病」のようなものであって、史料として読むのが「プロパガンダ」とか「偽文書」とか、端的に「嘘」あるいは「妄想」の所産なので、学術的厳密性を重んじる研究者たちはあまり論じたがらない。もちろんフランス政治思想の専門家は内外にいます。でも、歴史家たちは客観的な歴史的「事実」について研究しようとします。三流のイデオローグの妄想や虚言の類なんか相手にしたがらない。

でも、この妄想・虚言・デマ・プロパガンダの類いが実際には世界各地で巨大な政治勢力の形成に深く関与し、しばしば現実を破滅的なしかたで改変してしまうわけですから、「こいつらは気が変なのだ」で済ませるわけにはゆきません。

妄想を語る人たちにだって主観的には合理性や正当性があるはずで、彼らなりに整合的な世界像を持ち、歴史についてのヴィジョンを持っていたはずです。

それはどういうものか、どのような経緯でそのようなものが形成されてしまったのか、それはどうすれば制御できるのか、といった問いは理論的にも実践的にもたいへん重要な問いだと僕は思っていました。

特に反ユダヤ主義思想のホロコーストの後の研究は「殺されたユダヤ人被害者の立場」からの真相究明と告発に主導されたもので、「反ユダヤ主義者たちにも、主観的には何らかの合理性があるはずだ」という仮説はまず絶対に取り上げられることがない。

でも、どうしてユダヤ人が世界の支配者、諸悪の根源であるというような説が出現し、それをかなり知性の高いはずの人たちまでが信じ込むに至るのかというのは僕にとっては実に興味深い研究テーマでした。

それについて自分なりに納得のゆく説明を得るために、古代ユダヤ教の独自性とは何かを調べ、中世のキリスト教によるユダヤ人迫害の実例を追い、近代反ユダヤ主義の怪しげな文献を渉猟《しょうりょう》するという、ふつうの人があまりやらない研究をしておりました。

反ユダヤ主義の研究者の99%はユダヤ人歴史家です。僕のようなユダヤとは歴史的にも文化的にもまったく無関係な日本人が、なぜわざわざそんなことを研究するのかといぶかしがられることがありますけれど、「何の利害関係もない」という立ち位置ならではのアドバンテージというものがある。

例えば、欧米の非ユダヤ人研究者が反ユダヤ主義について少しでも肯定的な言葉を書いたら（「彼らなりの主観的合理性」というような文言を書いたら）、学者生命が終わるほどの批判を浴びるリスクがある。

でも、反ユダヤ主義迫害のようなことを二度と起こさせないためには、反ユダヤ主義という「病」を病理学的に扱うという態度が必要です。

ウイルスの研究をする人にとって「ウイルスの非人間性を告発する」というような感情を持つことには意味がありません。

僕としては「そのようなものはあってはならない」と道徳的な訓戒を垂れることは脇へおいて、ホロコーストを「二度と起こさない」ためにも、「なぜ起きたのか」を研究したかったのです。

研究者が陥るジレンマ

オリジナルな領域を研究していることの問題点は「格付け」が難しいということです。

同じ領域に多数の研究者がいて、論文がたくさん書かれていれば、「どの程度の出来か」ということは比較考量できます。

でも、日本で反ユダヤ主義について専門的に研究している人というのは、ほんとうに少数でした。

早稲田大学の社会科学研究科にユダヤ部会というセクションがあり、そこを拠点としてイスラエル文化研究会というユダヤを専門にする歴史学者、政治学者、宗教学者の集まりがあって、学際的なユダヤ研究をしていましたので、とりあえずそこのメンバーになりました。

そこでも、フランスの反ユダヤ主義を研究しているのは僕一人でした。

フランス文学研究者の中には「対独協力作家」、ルイ゠フェルディナン・セリーヌ、ピエール・ドリュ・ラ・ロシェル、ロベール・ブラジヤックといった作家や思想家を研究対象にしている人がいましたけれど、エドゥアール・ドリュモンとかモレス侯爵というような筋金入りの「妄想家・奇想家」について研究する人はほとんどおりません。ですから、僕が何を書いても、出来不出来を比較し対照する枠組みがない。

査定というのは同一領域での論文のサンプル数が多ければ多いほど精度を増すわけですけれど、「そんなことを研究しているのは、日本で一人だけ」ということになると客観評価のしようがない。

そのころ、反ユダヤ主義研究と並行して、フランスのユダヤ人哲学者エマニュエル・レヴィナスについても研究していて、それで学会発表をしようとしたのですけれど、そのときも指導教官の足立和浩先生には「やめておけ」と忠告されました。

「内田のレヴィナス論はたしかに面白かった。でも、点数のつけようがないんだ。日本にレヴィナス研究の蓄積がないから。内田の書いたことのどこが内田のオリジナルで、どこが『レヴィナス研究者にとっての常識』なのか。極端に言えば、内田が誰かの先行研究を剽窃《ひょうせつ》して論文を書いていたとしても、われわれにはそれがわからない。そういうリスクのある論文には評点のつけようがないんだ」というのが足立先生の説明でした。

なるほどと思いました。確かにその通りなんです。

若手研究者の学会発表というのは、「オリジナルな知見を示す」ことよりも、「どれくらい勉強しているか」を示すことのほうに軸足が置かれています。

学会デビューというのは、研究者としての「お披露目」であり、ある意味での「就活」なわけですから、「独創的な人物」であることよりも「すぐに使える人物」であることのほうが優先的に配慮される。

当然と言えば当然のことです。

そして、「人がやっていないマイナーな分野のことを研究している」という点では「独創的」でも、実際には「独創的というよりは意味不明」である場合もあり、「その分野では誰でも知っている凡庸な知見を語っているに過ぎない」という場合もある。

これはすべての研究者が陥るジレンマです。

誰も手がけない分野に突っ込んでゆくのはなかなか勇敢なことだし、創造的な企てではありますけれど、度が過ぎると、「査定不能」の判定が下り、研究者としてのポストにありつけないということになる。

僕が8年間に32校の公募に全部落ちたのも、採否を決める人たちにことさらに嫌われたとか、低く評価されたということではなくて、今思うと「どれくらいのレベルの研究者なのか査定できない」ということだったのではないかと思っています。

でも、さすがにアプライしたすべての大学に落とされると、自信を失います。39歳のときに、あと1年間だけがんばって、40歳になっても専任ポストが得られなければ、もう学者になるのは諦めようと腹をくくりました。

都立大助手にいた8年間に研究はずいぶんさせてもらったし、論文も書いたし、翻訳も出した。それでもダメということであるならば、これ以上無駄飯を食うわけにはゆかない。

若い研究者に助手のポストを譲って、僕はまたアーバンに戻って、平川くんと仕事をしよう、そう決めました。

そのころ、アーバンはずいぶん事業規模を広げていて、平川くんは「インキュベーション・ビジネス」というのを手がけて、シリコンバレーに進出するまでになっていました。

国内でも翻訳から出版・編集事業にシフトしていました。アーバンの出版・編集部門であれば、僕もまだ役に立てるかもしれない。そう思って最後の1年必死になって職探しをしました。

そんなとき、僕を拾ってくれたのが神戸女学院大学というところでした。

神戸女学院大学にはそのあと21年、定年まで勤めることになりましたが、そこに決まるまで紆余曲折がありました。

神戸大学の話が流れる

きっかけを作ってくださっていたのは、山口俊章先生という都立大の先輩です。山口先生の集中講義が冬休みにありました。

集中講義に来る先生のアテンドをするのは僕のような助手の仕事です。朝は演習室を解錠して、お掃除をして灰皿をきれいにして（思えば、１９８０年代までの大学は教室も演習室も喫煙可だったんですね。大学院の講読の授業なんか前が見えないほど濛々《もうもう》たる煙で霞んでおりました）、いらした先生にお茶を出し、お昼のお弁当を調え、休み時間にはコーヒーを出して、おしゃべりのお相手をする。

山口先生はお酒が好きだから、毎日飲みに付き合うようにと仏文の先生から厳命されておりましたので、毎日講義が終わると、先生や受講していた学生・院生と連れ立って都立大の居酒屋に繰り出しました。

そんなことを5日間ぐらい続けました。たぶん、その酒席での「座持ち」の良さが山口先生に好印象を残したんでしょうね。

半年ほどしてから先生からお電話があって、神戸大学で教員公募があるから応募しないかと誘われました。

日本中の大学すべてにフルエントリーしていた身ですから、二つ返事で「行きます行きますどこでも行きます」とお返事しました。

書類を整え、論文のコピーを送ったのですが、年末にお電話を頂いて「ダメだったよ」と告げられました。

最終選考まで行ったんだけれど、二人の候補で票が割れて、結局今年は採用しないことになったというお話でした。

そのときに、「内田くんの業績は思想関係ばかりで文学についての論文が一つもないのが弱かったなあ」と言われました。「文学についての論文が一つでもあったら強く押せたんだけどね」

なるほど、これまでの公募落選の理由は領域が哲学や思想に偏っていたせいかもしれないと気づき、山口先生のアドバイスを容れて、とりあえず文学についての論文を一本書こうと思い立ちました。

そこで政治思想史についての手持ちの材料を応用して、文学についての論文を書きました。

それがモーリス・ブランショの『文学はいかにして可能か?』というパンフレットを解読した「『文学はいかにして可能か?』のもう一つの読解可能性」という論文です。

「とんでも学説」が一転

ブランショの『文学はいかにして可能か?』は1942年、ドイツ占領下のパリで発行された10ページの薄いパンフレットです。

これが不思議なテクストで、その少し前に出たジャン・ポーランという作家の『タルブの花』という文学論の「要約」と言うか「注釈」なのです。

まず、その成り立ち自体が怪しい。

ジャン・ポーランは戦前からのフランス文壇の重鎮であり、占領軍検閲官ゲルハルト・ヘラーから「師」と仰がれる一方で、レジスタンス活動の組織者だったという謎めいた人物です。彼がドイツの検閲下で合法的に出版した何を言いたいのかまったくわからない難解きわまる文学論にただちに呼応するようにブランショがその「要約と注釈」を書いた。

ブランショは戦前からの極右王党派のイデオローグで、ゴリゴリのナショナリストです。

レジスタンスの大物と王党派活動家が取り交わした文学論がただの文学論のはずがない。

そこで「これは文学論の体裁こそとっているものの、実はモーリス・ブランショがドイツの検閲官の眼を逃れるために暗号で書いた政治文書ではないか」という仮説を立ててみました。

韜晦《とうかい》や暗示によって、禁書的な内容を合法的に伝える技術については、ヨーロッパにはルネサンス以来の伝統があります。その伝統を踏まえて、極右王党派であったブランショが、占領下での新たなおのれの政治的立場を、文学論の体裁を借りて、かつての王党派の同志たちや政敵（コミュニストやリベラリストたち）に対して宣明する。

そういうものではないかと考えたのです。

アイデア自体は僕のオリジナルではなく、すでにその数年前にアメリカの仏文学者ジェフリー・メールマンがブランショの『文学はいかにして可能か？』は「30年代のおのれの政治的過去についての暗号で書かれたメッセージ」ではないかという解釈可能性を示していました。でも、そこまで書いただけでテクストそのものの読解には踏み込んでいませんでした。

そこでこのパンフレットにおいて文学について語られていることは全部ダブルミーニングで、同時に政治についての話でもあるということにして読み替えてみました。それまでやってきた思想史研究のおかげで、戦前のフランス極右の政治運動や政治的主張についで僕はかなり詳しかったので、暗号は割とあっさり解読できました。

要するに、フランスが負けたということは、これまでの政治運動が右も左も全部ダメだったということであるので、自分はそれとは違う道を行くということ。そして、検閲下では、ほんとうに言いたいことは変換規則のシンプルな暗号で書くと伝わりやすいということ。

そう書いてありました。ほんとに。

この論文は、ほとんど政治的な素材だけを扱った論文でしたが、体裁としては文学論としても読めるものになりました。

この論文のおかげで業績リストが少しバランスのよいものになって、それで神戸女学院大学にも採用されたはずなのですが、面白い後日談があります。

論文はモーリス・ブランショ研究としてはあまりに特異なものだったので、学界では誰にも相手にされませんでした。

言語道断の妄説としてあっさり退けられました。

ところが、後年、わずか350部刷っただけの初版のパンフレットのコピーが手に入り、「この本を外見通りの本だと思わないほうがいい」「ここで論じられているのは実はある根源的な問題である」とブランショ自身が書いていたことがわかりました(その翌年、ブランショの著作集に収録された時点で、暗号で書いたことを匂わせるこれらの箇所はすべて削除されていたのです)。

その後、僕の論文は、ジャン・ポーランの『タルブの花』とブランショの『文学はいかにして可能か』と一緒に単行本に収録されるという栄誉に浴することになりました(『言語と文学』書肆心水、2004年)。

とりあえず今のところ『文学はいかにして可能か』の解釈としては、僕の仮説は学界内的「定説」にしていただけたようです。

神戸女学院大学へ

神戸大学の話が流れた後、山口先生は責任を感じたのか、僕を引き受けてくれる大学をご自身で探してくださっていました。

その翌年、山口先生が非常勤で行っていた神戸女学院大学で、フランス語の先生がお一人定年でお辞めになることになった。後任を公募してもよいのだけれど、何十人も応募が来ると、論文を読んだり、面接したりするのが大変だから、最初から候補者を数人に絞って選考するということになった。

そこで「誰かいい人いませんか?」と聞かれた山口先生が「都立大の助手に一人いいのがいます」と売り込んでくれたのです。

選考に当たった神戸女学院の先生方の中に歴史学者の清水忠重先生がおられました。その清水先生が僕の書いた反ユダヤ主義研究についての論文をずいぶん評価してくれました。

僕が提出したのは、のちに小林秀雄賞を受賞することになった『私家版・ユダヤ文化論』(文春新書)の基となるものでした。

「反ユダヤ主義というとふつうは批判的に論じるが、内田くんの論文は『どんな妄説にも主観的には合理性があるはずだ』という視点から見ている。予断を持たずに史料を読むというのは、歴史を研究する者には非常に大切なことだ。僕はこういう論文の書き方は好きだ」と言ってもらえました。

清水先生のその断定的な一言で面接会場の流れが決した感じがしました。

こうして、日本中の教員公募に落ち続けた末に神戸女学院大学に拾ってもらえたのでした。ご尽力くださった先生たちには足を向けて寝られません。

「内田樹の奇跡のフランス語」

神戸女学院大学ではフランス語とフランス文化論とフランス文学を教えることになりました。

もっともしばらくすると、「何をやっても怒られない」ことがわかったので、哲学や記号論や映画論など、教える範囲をどんどん広げていって、最後は合気道や杖道を正規の科目として教える「体育の先生」まで兼務しました。

都立大の助手のときは、非常勤講師として神奈川の大学と高円寺の予備校でフランス語を教えていました。

特に予備校で大学受験のためのフランス語を教えたのは面白い経験でした。

多くの大学は外国語の受験科目として英語以外にドイツ語とフランス語が選択できました。

私立の中高一貫校ではフランス語を6年間教えるところもありますので、英語よりフランス語のほうが得意という受験生もいます。

でも、そんなのは少数で、ほとんどは転部科受験生でした。

大学の転部・転科試験というのはだいたい小論文と外国語の2科目です。現役で夜間部に入学したけれど、2年からは昼間部に移りたいという大学生が来るのです。

英語で受ければいいのですけれど、なぜか彼らは英語に病的な苦手意識を持っていて、フランス語を選択する。

英語ができない人がフランス語ができるわけがないと僕は思いました。だって、文法規則は英語とだいたい同じだし、発音も綴り字もフランス語のほうがだいぶ面倒なんですから。

中1から高3まで6年やって英語が身につかなかった学生たちに4月から1月まで、10カ月でＡＢＣから始めて、受験問題を解かせるところまで持ってゆくことなんかできるのか、と最初は思いました。

でも、できるんですね、これが。

外国語の学習は本来はゆっくり繰り返して身にしみ込ませてゆくのがふつうなのですけれど、時間がないからそうも言ってられない。最初に大急ぎで文法の基礎だけやって、夏休みからはどんどん受験問題を解いてゆくという「速習フランス語」です。

これがやってみるとうまくゆきました。文法の説明も、受験問題の解説も、やってみたら得意だったんです。合格者がどんどん出て、予備校では2、3年後から「内田樹の奇跡のフランス語」というタイトルの授業になりました。

予備校では結局10年間教えましたけれど、最後は東大合格者まで出しました。

授業方法にはずいぶん工夫しました。

わかったのは、ただ文法規則や単語を丸暗記させるのは非効率で、言語の本質について本格的に学術的な説明をしたほうが学生たちの理解は早いということでした。「冠詞とはどのような世界観の産物か」「相（アスペクト）とはどのような時間意識を持つものにとって意味があるのか」というように言語の根源から説明すると、学生たちはすっとわかってくれる。

フランス語文法は、「フランス語話者たちからは世界はどう見えているか」を理解しようとしないと理解できない。そういうことです。

わずか10カ月の特訓で「中学の途中から英語がわからなくなった」という学生たちがフランス語の長文を読んで訳せるようになる。

それを見ると、彼らは別に語学力に問題があるわけじゃないということがわかります。だから、英語だって、適切な教え方をすれば得意になっていたはずなんです。

日本の学校は、勉強を強制することによって「英語嫌い」を作り出している。そのことを予備校時代に知りました。

人間は基本的に頭がよい

長く教壇に立ってきた経験から言って、人間は誰でも基本的に頭がよいと僕は思っています。

ただ、例えば「自分は英語ができない」と思い込んでいると、脳内のどこかの部位がロックされてしまって、英語を理解し、運用する能力が活動を停止してしまう。

だから、そのロックを解除して、脳が動き出すようにすれば、あとは教師は何もしなくてもいい。

勉強は自学自習なんです。

脳は本質的に活動が好きですから、使い方を覚えれば、高速で回り出す。外国語学習のための脳部位を彼らは6年間使ってこなかったのですから、脳だって使われたがっています。

本来、外国語を学ぶというのはとても知的に高揚する経験のはずなんです。母語とは違う単語、違う文法規則、違う音韻の言葉があると知るだけで、視界が広がり、世界が開けてゆくような気分がする。

人間は学ぶことをほんとうは願っている。教師がするのは「学びのスイッチ」を入れることだけです。

何がきっかけになって、学びが起動するのか、それは予測できません。誰にでも同じ教育法が効果をもたらすということでもありません。でも、何らかのきっかけで「学びのスイッチ」がオンになって、猛然と勉強を始める学生たちをこれまで何人も見てきました。

目の前でみるみるうちに潜在的な才能が開花してゆくのを見ること、これは教師冥利に尽きる経験です。僕はそれを教師になって早い段階で経験することができました。

それはとても幸運なことだったと思います。

離婚、そして父子家庭

男として全否定される

離婚したのは、1989年のことです。もうずいぶん前のことですけれど、思い出しても、離婚はつらいです。心身に負った傷という点では親の死よりもきびしかった。両親が死んだときも、兄が死んだときも「もういないんだな」と寂しくはなりましたけれど、それは自分の存在が否定されたような気持ちとは違うものです。でも、離婚というのは、単に配偶者が不在になるということだけではなく、自分の存在と、自分がそれまで配偶者とともに過ごした時間の意味を否定されたような気がする経験です。13年暮らした妻から、「あなたとは一緒にいたくない」と宣言されたわけですから。男として全否定されたという感じがしました。

離婚してからひと月で7キロ痩せました。74キロあった体重が67キロまで減りました。胃が硬直してしまって、固形物が受け付けられないのです。それでも、お酒だけは飲めるので、栄養はお酒から供給していたようなものです。もちろん、それじゃ足りないので、どんどん痩せてしまう。これくらい急激に痩せると、体重減少に身体感覚が追いつかないんですね。ビルの角を曲がった拍子に風にあおられてよろめいたこともありました。

4歳年上、女優の妻

結婚したのは1976年、25歳のときです。合気道自由が丘道場に入門して半年後でした。大学を出て以来、定職に就かないバイト人生でしたけれど、一応大学院を目指して受験勉強はしていましたし、多田先生という師を得て、稽古に打ち込み始めたので、ちょっと気分が「上向き」になった時期です。

結婚した相手は4歳年上の女優さんです。合気道を始めた動機が「誰かに叱責してもらって性根をたたき直さないと、そのうちたいへんなことになる」という危機感であったように、この結婚も「人生のメンター（先達）」を配偶者に求めたのだと思います。

女性で4歳年上で、10代から舞台女優、テレビ女優として働いていた人ですから、実年齢の差以上に「大人」の人でした。あちらが「先生」で、僕が「生徒」。あるいはあちらが「ボス」で、僕が「手下」という関係でした。

でも、僕はそのとき、とにかく「性根をたたき直す」という自己改造期にあったので、それこそ箸の上げ下ろしまで逐一妻の指示に従うというような徒弟修業的な結婚関係が快適でした。

こちらは無職の若者ですから、「結婚したい」と伺ったのですけれど、先方のご両親（特に父親）にはぜんぜん相手にしてもらえませんでした。

妻の父は平野三郎といって、自民党の国会議員を務めた後に岐阜県の知事をしていた政治家でした。そういうえらい人ですから、籍を入れてしまったので、一応「婿」として法的に認知はされたのですが、個人としては相手にはしてもらえない。

ところがそこに意外なことが起きてしまいました。

結婚したその年に義父が収賄容疑で起訴されて、その年の暮れに県議会の不信任決議を受けて、辞職してしまったのです。同時期に宮崎県知事、福島県知事の汚職事件が相次いで起こり、事件はマスコミも大きく取り上げました。

義父は心労で持病が悪化して、緊急入院。それまで30年近く国会議員と県知事をしていて、秘書や運転手がすべて仕切る生活に慣れ切っていた人が周りに家族以外誰もいないということになった。

家族は妻と娘４人。長女はアメリカにいて、四女は病気で入院中。男手は僕しかいない。

僕はご存じの通り、定職がなく、バイトのあいまにフランス文学史の教科書を読むのと夕方からの合気道の稽古くらいしかすることがない。

そこで義母からの要請で「ボディガード」に採用されることになりました。入院中の義父の病室の前に立って、突撃インタビューに来る新聞記者たちやパパラッチを追い返す仕事です。

義父の健康が少し回復して、初公判が岐阜で開かれたときも同行して、新聞記者から守る仕事をしました。

そんなふうに落ち目のときの義父の傍らにあって、いろいろ力仕事をしたので、彼の僕に対する評価も一変して「樹くんはいいやつだ」ということになって、それからずいぶん仲よくなりました。

波瀾万丈だった義父の人生

義父は、まことに面白い人でした。

岐阜の郡上八幡の造り酒屋の長男に生まれ、父の平野増吉は、明治、大正時代にかけて、林業家という立場から国と電力会社を相手に何度も訴訟をして「ダム訴訟」の先駆者となった人です。この増吉も戦後には国会議員になりました。

義父は慶應大学在学中に第二次共産党の中央委員になります。相次ぐ弾圧で共産党幹部がほとんど獄中にあった時代ですから、学生でありながら共産党幹部になってしまったのでしょう。31年に特高に逮捕されて、築地署に留置され、激しい拷問を受けました。

「私も小林多喜二も築地で拷問されましたが、小林は死に、私は生き抜きました」というのが義父の一つ話でした。

その後、慶應を退学し、徴兵され、7年間中国大陸にいて、生きて帰ってきました。幹部候補生試験を受けることをかたくなに拒否したせいで、下士官止まりでしたが、義父のいた大隊で最後に指揮を執ったのは軍曹だった義父でした。少尉以上の将校は全員戦死したのです。

「樹くん、戦争を生き残る秘訣を知っていますか」と義父に聞かれたことがあります。

「さあ、なんでしょう」と言うと、「戦闘が始まったら隠れることです」というのが義父の答えでした。

「将校は部隊の先頭を乗馬して進まなければいけないし、戦闘になったら先頭に立って戦わなければならない。敵兵に『撃ってくれ』と言っているようなものです。私は御免です」

そう言っていました。そういう点ではリアルでクールな人でした。ですから、大陸で7年転戦した後、華南で武装解除されて、生きて戻ってきた。

戦後、故郷の郡上八幡で町長を務め、自由党から衆議院議員に当選し、5期務めたあと岐阜県知事になり、知事3期目の途中に汚職事件で失脚。共産党の活動家、中国での戦争経験、国会議員のときは幣原喜重郎《しではらきじゅうろう》の秘書役を務め、のちに知事になるという振れ幅の広い人でした。

ですから、義父の話はどの話題もたいへん面白かった。これだけ世間の荒波をくぐってきた人だけに、どの話がほんとうで、どのあたりがホラで、「死ぬまで言わずに墓場まで持ってゆくと決めた秘密」は何なのか、そういうことは20代の僕にはわかりませんでした。

しかし、昭和史の生き証人ですから、多少の粉飾があろうと、言い落としがあろうと、聞いておかない法はない。

家族は誰も義父の話に興味を示さないのです。義父が酔って昔話を始めると、「また始まった」と一人また一人と席を立って別室に去ってしまう。

台所でウイスキーをぐいぐい飲みながら、煙草の煙を濛々と上げながら話し続ける義父の前で話を聴いているのはたいてい僕一人でした。

特に興味深く聴いたのは、日本国憲法9条第2項をマッカーサーに提案したのは幣原喜重郎だったという話です。

「憲法9条2項は幣原先生が書いたのです」

第9条はGHQが押し付けたものだというのが通説になっていますが、義父によれば本当は幣原喜重郎が発案してマッカーサーに提案したものだというのです。国会議員時代の義父は幣原喜重郎に秘書役として随行していて、最期のときまで付き添っていた。その幣原喜重郎が死の床で、

「9条第2項を発案したのは私です。あれをマッカーサーのところに持って行って、これをなんとか憲法に入れていただきたいということを申し上げたのです」と話した。これを義父はのちに国会の憲法調査会でも証言しています。その証言は「平野文書」として今でも時々引用されることがあります。

先年の「憲法9条をユネスコの世界記憶遺産に」という運動があったときにも、「平野文書」が資料として採用され、僕もその真正性についての証言を求められました。

証言の真偽は僕にはわかりませんが、義父が幣原の言葉を数十年にわたって繰り返し語り続けて、その内容に変遷がなかったことは確かです。

そんなふうに義理の両親とは僕はたいへんに仲がよかったのですけれど、妻とは結局離婚することになってしまった。

離婚に際して義父からは、

「出来の悪い娘で申し訳ない。娘は勘当しましたので、樹くんとはこれからも親子の付き合いを続けていただきたい」

というなかなか珍しいご挨拶を頂きました。

義父が亡くなったのは、1994年、離婚して5年経った後で、僕はもう芦屋で娘と暮らしているときでした。

別れた妻から電話がかかってきて、「父が死んだ。すぐ来てくれ」と言われて、すぐに娘を乗せて東京まで車を飛ばして、葬式の段取りをしました。二日後に葬儀が行われました。娘は義父の孫ですから親族席に座っているけれど、僕は親族ではないので後ろのほうに座って義父を送りました。

12年間の「父子家庭」

1989年4月に離婚してから、娘と二人の「父子家庭」で暮らしました。

父母が離婚した場合、子どもは母親と暮らすことのほうが多いので、なぜ父親が子どもを引き取ることになったのかとよく訊かれます。

離婚が決まったときに、父か母か、どちらと暮らすか、娘に選んでもらうことにしました。6歳の子どもにとってはずいぶん残酷な選択だったと思います。

リビングルームの机を囲んで3人で座って、

「大変申し訳ないけれど、お父さんとお母さんは離婚することになった。お父さんとお母さんのどちらと暮らすか、決めてほしい」

と僕が言いました。

娘は母親と暮らすことを選ぶだろうと思っていました。

その前年に、神戸での専任の話があったときに、妻から「娘と東京に残るから、あなた一人で神戸に行きなさい」と告げられていたからです。

たしかに僕にとっては就職でも、妻は東京での仕事を捨てるわけにはゆかない。だから、仮に地方の大学に採用されたら、僕一人で単身赴任して、長い休みのときだけ娘の顔を見に東京に戻るというような生活になるのかと想像していました。

その索漠とした生活のイメージにすでに慣れていたので、娘はきっと母親との生活を選ぶだろうと覚悟していました。

離婚のことを娘に告げる前の日曜に、上野毛のそば屋で娘と差し向かいでおそばを食べました。

そばをすすりながら、「日曜の昼に、なんとなく二人でおそば屋に入って差し向かいでぼんやりご飯を食べるというような生活もこれで終わりか」と思って絶望的な気持ちになったことを覚えています。

どちらと暮らすか問われた娘は「3人一緒はダメなの?」と両親の顔をうかがい、僕が首を横に振るのを見て、しばらく黙って涙を流してから顔を上げて「じゃあ、お父さんと暮らす」と言いました。

これには驚きました。うれしいと同時に、大変なことになったと思いました。

離婚が決まってからは、娘と別れて一人で暮らす寂しさに耐えられるだろうかということばかり考えていて、娘と二人で暮らすというオプションについてはまったく想像していなかったからです。

とにかく、今日から僕一人で、働いて、家事をして、娘を育ててゆくことになった。自分にそれができるだけの力があるかどうかわからないけれど、やるしかない。

そう肚をくくるまでに数秒間かかりました。

何年か後になって、「あのときどうしてお父さんを選んでくれたの?」と娘に尋ねてみたことがありました。

「お母さんと暮らしたら、お父さんともう会えなくなるかもしれない。でも、お父さんだったら『お母さんに会いたい』と言えばいつでも会わせてくれそうな気がしたから」という答えでした。賢い子だなと思いました。

離婚して妻が家を出たあとも1年は東京にいましたので、すぐ近くに住んでいた義父母や義妹や友人たちが娘の世話をよくしてくれました。

離婚したのが4月の初めで、その翌日が娘の小学校の入学式でした。

平日の昼間ですので、クラスでの保護者の最初の集まりにいた男は僕一人でした。自己紹介することになって、「一人だけ父親が来ているので変だと思われたでしょうけれど、実は昨日離婚しまして……」と言ったら、お母さんたちの間から笑いが漏れました。

でも、保護者会が終わったときに、保育園時代から顔見知りのお母さんたちが何人もやってきて、「たいへんね。困ったことがあったら何でも言ってね」と励ましてくれました。

考えてみたら、保育園時代から、保護者の集まりに顔を出すのは妻より僕のほうがずっと多かったのでした。

僕は助手としては週に二日勤務だけで、後は大学の非常勤と予備校講師だけですから、ふつうのフルタイムのサラリーマンよりはずっと時間が自由です。

ほぼ毎日のように保育園の送り迎えもしましたし、園のイベントにはフルエントリーしていました。

そのせいで、卒園式では「保護者代表」として謝辞を述べるという役を園長先生から頼まれました。

この保育園が始まってから父親が謝辞を述べたのは僕が最初だったそうです。「育児をまじめにやる父親」として娘からも認知されていたのでしょう。

仕事より家事育児を最優先

1990年の春に神戸女学院大学に着任して、芦屋の山手町のマンションに移り住むことになりました。娘はすぐ近くの小学校に通い、僕は車で30分ほどの西宮市の大学に通勤することになりました。

最初の学期は教務課のほうが父子家庭の事情を配慮してくれて、月曜と火曜だけ授業があって、あとは休みという時間割を組んでくれました。

火曜の午後の授業が終わると「週末」で、月2回金曜日に教授会がありましたが、教授会が長引くと先輩の先生たちが「内田くん、お嬢さんが待ってるだろうから、もう帰っていいよ」と言ってくれる、そういうまことにフレンドリーな環境でした。どこかの大学に非常勤に行くということもありませんでしたし、まだ行き来する友人もできなかったので、週二日の勤務が終わると、あとはもう何もすることがないという生活でした。

合気道の稽古だけは多田先生に神戸の精武館という道場をご紹介いただいたので、4月からすぐに通い始めました。それも週2回だけ。

結局、最初の年は、ほとんどの時間を山手町の家で過ごしました。

新学期が始まった最初の日曜日、親子二人ともどこに行く当てもなく、誰も来る当てもなく、する仕事もなく、二人で居間に寝転んでモノポリーをしたあと、庭の桜を眺め、暇だからドライブでもしようかと芦屋浜まで行ってぼんやり海岸通りを散歩したことを覚えています。

知り合いが誰もいないところで、親子ひしと抱き合うように暮らしていました。静かで、とても充実した生活でした。

そのころ、僕は家にいる間はほとんどエプロンをしたままでした。

授業がない日は娘を学校に送り出したあと、掃除をして、洗濯をして、布団を干して、買い物に行って……という「主夫」の生活をしていました。

ひなたに座って、60年代のアメリカン・ポップスをヘビーローテーションで聴きながら、アイロンかけや繕いものをしていると、「こういう時間が永遠に続けばいいのに」と思いました。

小津安二郎の『晩春』の主人公は娘と二人暮らしの中年の大学教師で、時折友人たちと酌み交わし、誰も読まないような論文を書き、日曜になると能楽堂に出かけるという静かな暮らしをしています。

「離婚して、娘と二人暮らし、好きな研究をして、合気道と能楽を楽しむ生活」というのはたしかに『晩春』に少しだけ似ていました。

仕事で成功することを求めない

父子家庭を始めたときに自分で決めたことが一つありました。それは「仕事で成功する」ことをもう求めないということでした。

それまで僕にはなんとか研究者として成果を上げて、学問の世界で名前を残したいという欲がありました。

1980年代は「ニューアカデミズム」の時代でした。僕と同年代の、あるいはもっと若い学者たちが続々と登場して、メディアの寵児となっていました。出版界はブームを当て込んで「次のタレント」を探していましたので、僕にもぽつぽつお声がかかるようになりました。『現代思想』『ユリイカ』『エピステーメー』といった思想系の雑誌からも寄稿依頼がありましたし、レヴィナスの翻訳も学界の一部からは注目されたし、書き下ろしの研究書の出版企画も持ち込まれました。若手研究者として「売り出す」チャンスが来たまさにそのときに離婚と関西移住ということになった。

学問的キャリアについては「諦める」ことをそのときに決心しました。もちろん研究は僕はやめるわけではありません。でも、研究成果がメディアに注目されるとか、書籍になるとか、そういうことについてはもう諦めることにしました。

レヴィナスの翻訳はこれからもこつこつと続ける。数年に1冊くらいのペースで訳書を出す。論文は年1本を目標にして書く（学会誌も商業誌も僕の変てこな論考を掲載してくれそうもないので、査読のない学内紀要に載せることしかできませんが）。

そして、すべてにおいて家事育児を最優先することにしました。

「家事育児のせいで、研究時間が削られた。子どものせいで自己実現が阻害された」というふうな考え方は絶対にしない。

朝晩きちんと栄養バランスのとれたおいしいご飯を作って、家をきれいに掃除して、服を洗濯して、布団をちゃんと干して、取り込んだ洗濯物にきれいにアイロンかけして、服のほころびは繕って……ということができたら「自分に満点を与える」ことにしました。家事育児仕事が終わって少しでも時間が残っていたら、それは「贈り物」だと思ってありがたく受け取る。

その「贈り物としての余暇」に本を読んで、翻訳をして、論文を書く。

そこで達成されたものは「ボーナス」のようなものなのだから、あれば喜ぶけれど、なくても気にしない。

そういうふうにマインドを切り替えました。

その時期に紀要にぽつりぽつりと寄稿した論文は学内的にも学会内部的にも、まったく注目されませんでしたけれど、僕にとっては書かざるを得ない、必須のものでした。

幸いなことに、そのときに書いた論文の多くは後に『ためらいの倫理学』(冬弓舎、２００１年)という僕の最初の論文集に再録されて、それが僕の遅咲きの「デビュー作」になったのでした。

無駄な時間というのはないものです。

書きたいことは山のようにある

娘は高校を卒業すると家を出て、東京に行って母親と暮らすことになりました。

僕は12年間、小学生のときから高校生のときまで、身近に娘と暮らすという「特権」を享受できたのですから、母親にも娘と暮らす幸福を経験する権利があると思って送り出しました。

もちろん、それまでも休みのたびに娘は母親のところに預けていましたけれども、本格的に同居するようになったのは、18歳からです。

生活費は僕が仕送りするので、好きなことをやりなさいと言って送り出しました。

娘は僕にとっては分身のようなものでした。でも、子どもはいつか親から離れるし、親も子どもを手放さなければなりません。

２００１年の3月に娘が出て行って、僕はほぼ30年ぶりに一人暮らしを始めることになりました。

芦屋の駅前のマンションに引っ越して、文字通り寝食を忘れて本を読み、原稿を書きました。一人暮らしですから、もう何の遠慮もない。深夜まで映画を見ても構わない。大音量でジャズをかけても構わない。友だちを呼んでマージャンをしても構わない。そういうアナーキーな独身生活は考えてみたら25歳以来四半世紀ぶりのことでした。

とにかく書きたいことが山のようにありました。『レヴィナスと愛の現象学』（せりか書房、２００１年）『寝ながら学べる構造主義』（文藝春秋、２００２年）『他者と死者』（海鳥社、２００４年）などはその時期の作物ですけれど、どれも長い休みの間に、朝から晩まで、息を詰めるようにして一気に書き上げました。

それだけエネルギーがたまっていたということだと思います。

空き時間は天からの贈り物

それからまた数年したら、今度は大学の管理職になるという年回りになりました。２００５年に教務部長に選ばれたときも「しばらく研究は諦める」決意をしました。自分が赴任してきたときに、先輩たちから「若いときは思い切り研究しなさい。学務はわれわれ年長者がやる」と言われました。その代わり、僕が彼らの年齢になったら、今度は若い人たちの研究を支援しなければならない。

こういう仕事は順送りです。

僕が娘と二人で「することがない」生活を送れたのは、諸先輩方が裏で大学を運営するという面倒な仕事をこなしてくれていたからです。今度は僕がその仕事をする番になった。

教務部長として出勤した初日に課長から「出なければならない委員会のリスト」を渡されました。「いくつあるの？」と聞いたら「47です」と言われました。気が遠くなりそうでした。

研究棟に僕の研究室がありましたけれど、打ち合わせのためにいちいち教務課と往復するのが面倒だったので、教務課の奥にあった教務部長室に身の回りのものだけ持って引っ越しました。

毎日教務の仕事と授業のために出勤する。会議と会議の合間、授業と授業の合間にたまたま空き時間があったら、その時間を天からの「贈り物」と思って、そこで本を読み、原稿を書く。そこで本が読めたり、原稿が書けたりしたら、それは「ボーナス」だと思う。育児のときに僕が採用したルールそのままです。こうしたほうが精神衛生上は楽なんです。

「研究が本務で、学務は雑務」だと思うと、「雑務に時間とエネルギーを取られて、本務ができない」というストレスがたまりますが、ラベルを貼り替えて「学務が本務で、研究は余技」だと思うことにすると、たまに訪れる「余技が発揮できる時間」がたいへんありがたいものに思われる。

ですから、少子化による志望者の減少・評価活動の導入といった一連の「大学改革」の動きの中で多忙を極めていたはずなのに、管理職を3期6年務めている間にも、僕はけっこう充実したアウトカムを出していました。

小林秀雄賞を受賞した『私家版・ユダヤ文化論』（文藝春秋、2006年）も、新書大賞を受賞した『日本辺境論』（新潮社、2009年）も授業の講義ノートに加筆したものです。『街場のアメリカ論』（NTT出版、2004年）『街場の中国論』（ミシマ社、2007年）『街場の教育論』（ミシマ社、2008年）など一連の「街場のナントカ論」は大学院の演習を録音して、それを文字起こししたものです。

窮すれば通ず。本を書く時間がないのなら、講義録や授業でのおしゃべりをそのまま本にしてしまうという曲芸的なことを思いついたら、これが意外にうまくいったのでした。

しなければならないことは「苦役」だと思わない。これは思えば、結婚生活を送っていたときに身につけた知恵でした。

妻はフェミニストでしたので、男女の公平な家事の分担にこだわる人でした。でも、家事は公平に分割できるものではありません。やるべきこと、やっておいたほうがいいことは家の中にはいくらでもあるからです。

それを全部リストアップして100%公平に分担しようとすると、リストアップして、分担を決める話し合いだけで途方もない手間がかかってしまう。

あらゆる仕事には、「誰の分担でもないけれど、誰かがしなければいけない仕事」というものが必ず発生します。誰の分担でもないのだから、やらずに済ますことはできます。でも、誰もそれを引き受けないと、いずれ取り返しのつかないことになる。そういう場合は、「これは本当は誰がやるべき仕事なんだ」ということについて厳密な議論をするよりは、誰かが「あ、オレがやっときます」と言って、さっさと済ませてしまえば、何も面倒なことは起こらない。

家事もそうです。どう公平に分担すべきかについて長く気鬱なネゴシエーションをする暇があったら、「あ、オレがやっときます」で済ませたほうが話が早い。

ですから、最初から「家事は全部オレの担当」と内心決めていたほうがメンタル面では気楽なのです。

相手に期待せず、押しつけず、全部自分でやる。だから、相手がしてくれたら「あ、ありがたい」と感謝する気持ちになれる。

もちろん、結婚しているときは、それほど達観できませんでした。

でも、離婚して、家事労働は全部僕一人でやらなければならなくなったときに、「家事労働のフェアな分担」のために結婚している間、どれほど不毛な言い争いをしてきたのかが痛感されたのは本当です。

家事労働の量そのものは父子家庭になってからのほうが圧倒的に増えたはずなのですが、誰からも「これはあなたの仕事でしょ」と命令されたり、確認されたりしないでする家事はほんとうに気楽なものでした。

人間を疲れさせるのは労働そのものではなく、労働をする「システム」を設計したり、管理したり、合理化したりすることだということをそのときに学びました。

1966年の日比谷高校【その2】

吉田城くんと新井啓右くん

吉田城くんは1966年に僕が東京都立日比谷高校に入学したときの同期生である。

でも、僕が吉田くんとはじめてことばをかわしたのは高校においてではなく、1969年の1月、入学試験の数日前の京都大学構内でのことである。

その年、東大の入試が中止になり、日比谷高校生たちの半数ほどが京都大学に受験にやってきた。僕はその前年に退学していたのだけれど、秋に大学入学資格検定に合格して、なんとか同期生たちと同時に受験するのに間に合った。僕は単身で京都に行ったが、日比谷高校の諸君は何人かずつ連れだってやってきた。その中に新井啓右くんがいた。

新井くんが同期で最高の知性であることは衆目の一致するところだった。いずれ新井くんが同時代日本人の中でも最高の知性であることを学術の世界か政治の世界で証明するだろうと同期生はほとんど確信していた。

僕はなぜか新井くんと仲が良かったので、受験会場の下見にゆくときに新井くんのグループに加えてもらった。その中に吉田城くんがいた。それが吉田くんと個人的にことばをかわした最初である。

　そのときに彼とどんな話をしたのか、何も覚えていない。なにしろ40年も前のことだし、僕たちが京大構内に足を踏み入れるなり、火炎瓶が飛んできて、話にも何もならなかったからだ。粉雪の舞う曇り空にオレンジ色の焔《ほのお》の尾を引いて火炎瓶が放物線を描いて飛んでゆく時計台前の風景はなんだかやたらにシュールで、大学受験というような切実な話とぜんぜん無縁のもののように思えた。

「受験はほんとにあるんだろうか?」と僕たちは近くの喫茶店で話し込んだような覚えがある。いつものように新井くんが怜悧《れいり》で落ち着いた声で「いや、やるでしょう。そりゃ」と断定してくれて、一同はほっとした様子だったが、僕は内心「試験なんかなくなればいいのに」と思っていた。高校2年で学年最下位にまで成績が下がり、その後も16科目も受験科目のある大検のせいで、受験準備が大幅に遅れていた僕は「だめもと」の京大受験だったからである。

　そのときにどんな話をしたのかはひとつも覚えていないけれど、吉田くんと僕はたぶん二人とも「新井くんの友だち」ということでお互いにそれなりの親しみと敬意を感じたはずである。僕たちの同期の間では「新井くんの友だち」であるということはかなり限定された生徒にしか許されない、ある種の知的プレスティージだったからである。

同期の高校生のあいだに敬意とか威信とかいうものが存在して、それに基づいてデリケートな人間関係が構築されているというのは、わかりにくいことかもしれない。吉田くんのことを話すために、僕たちが通っていた日比谷高校と新井くんのことについて少し話しておきたい。

そのころの日比谷高校がどのような教育理念やプログラムで運営されていたのか、受験実績がどうであったのかというようなことは調べれば誰にでもわかるけれど、そのとき、その場所を覆っていた「空気」を想像的に追体験することはむずかしい。

吉田くんと僕はその同じ「空気」を15歳から18歳までの間、肺深くまで吸い込んだ（僕は退学した後もちょくちょく高校に「遊びに」通っていた）。その「空気」を吸い込んだ人々は（本人の意思にかかわらず）ある種の微弱な人格特性のようなものを共有することになる。吉田くんと僕も、それを共有していた。

日比谷高校が僕たちの身体にしみつかせた残留臭気はごく微弱なものにすぎないから、部外者に嗅ぎ分けることはむずかしい。でも、それを吸って育った人間同士にはすぐわかる。それは、「シティボーイの都会性」と「強烈なエリート意識」と「小市民的なエピキュリズム」に「文学的ミスティフィケーション」をまぶしたようなものだ（書いているだけでうんざりしてくるけれど）。

日比谷ではまじめに受験勉強をすることが禁忌だった。定期試験の前に級友からの麻雀の誘いを断って「今日は早く帰るよ」と言うためには捨て身の勇気が必要だった。「勉強したせいで成績がいい生徒」は日比谷高校的美意識からすると「並の生徒」にすぎなかったからである。努力のせいで得たポジションで同級生からのリスペクトを得ることはできない。試験直前まで体育会系のクラブで夜遅くまで汗を流したり、文化祭の準備で徹夜したり、麻雀やビリヤードに自堕落に明け暮れたり、フランス語で詩を読んだりしていて、それでも抜群の成績であるような生徒だけが「日比谷らしい」生徒と見なされたのである。

いやみな学校である。

みなさんだって、そう思われるだろう。

しかし、「いやみな学校」だと思われるということ自体「シティボーイである日比谷高校生」にとっては受け容れがたい屈辱だったから、当然のように生徒たちは「嫌われずにすむ」方法にも習熟していた。それは「『ミスティフィケーションしていないふりをする』というミスティフィケーション」である。

「僕らは何にも深いことなんか考えちゃいませんよ。ただ、何となく空気に合わせて気楽にやってるだけなんです。成績なんて……気にしたことないですよ」と、さわやかな笑顔で、控えめに、かつものすごく感じよくアピールすることができるのが「真の日比谷高校生」の条件だった。

でも、450人いる同期の中で、そんなふうにスマートにふるまうことできた生徒はほんの一握りだった。吉田くんは、新井くんや塩谷安男くん（弁護士）や小口勝司くん（昭和大学理事長）とともに、僕がそのリストに名前を残すことのできる数少ない日比谷高校生の一人である。

そんなリストに名前が載ったからといって、別によいことがあるわけでもないし、悪いことがあるわけでもない。僕がそのリストに名前を載せた生徒たちのことを気にかけるのは、そういう種類の「空気」や「場の大気圧」のようなものに触れたときに、それに「気づかない」でもないし、「あえて逆らう」でもないし、肩の力を軽く抜いて「構えない」というオプションを採用することができた少年たちのスマートネスを僕が愛していたからである。

僕は日比谷高校に入って、そこで生まれてはじめて「スマートな少年たち」というものを見た。「スマートさ」というのは概念ではないし、網羅的なガイドラインがあるものでもない。それは身近に「スマートな大人」を見て育った子どもたちが自然に身につけたものであって、本人の努力でどうこうなるものではない。

僕が彼らのスマートネスを愛したのは、僕にはそんなものが備わっていなかったからだ。僕自身は「さわやかな笑顔」とも謙虚さともミスティフィケーションとも無縁の、向上心剝き出しの「どちらかといえば感じの悪い」ロウワーミドル階層の子どもだった。僕は「日比谷高校の空気」に牙を剝いて、結局そこから放逐されてしまったけれど、このドロップアウトの最大の理由は、僕が「このままでは、あいつらには勝てない」ということに苛立っていたからだ。

死ぬほど勉強すれば彼らのレベルにまで成績を上げることがあるいはできたかもしれないが（いや、やっぱり無理だな）、その隙にシティ派的享楽も楽しみ、それでいて査定的なまなざしで少年たちを選別しようとする大人たちの前でさわやかに微笑んでみせるなんていう芸当は、僕にはとてもじゃないけどできそうもなかった。

しかたがなくて、僕は「スマートじゃない人間にしかできないこと」（中卒で働くというオプション）を選んで、自分のプライドを守ろうとした。もちろんそれで「彼ら」に勝てたわけではない。「負け」はしなかっただけだ。

それでも、僕は自分の中に「日比谷高校的な空気」がずっと残存していることを知っている。あれは一度吸ってしまうと、もう抜けない種類のものなのだ。第一、僕がドロップアウトしたということ自体が「日比谷高校の空気」を僕が深く吸い込んでしまったことの効果に違いないのだ。あの都会的にソフィスティケートされた韜晦《とうかい》や立ち居振る舞いのさりげなさを身につけるために、どれほどの資源が水面下で投じられているかを知っているのは「やろうとしたけれど、それができなかった」日比谷高校生だけだからである。

（2006年12月18日）

第3章

生きていくのに一番大切な能力

仕事のやり方を工夫する

ホームページを立ち上げる

インターネットでホームページを始めたのはいつだか記憶がはっきりしませんが、阪神・淡路大震災の後、１９９６年か97年くらいだったと思います。

僕は電子ガジェットに目がないので、Windows95が出たときに、すぐ買いました。実際にネットでデータベースを検索したり、メールのやりとりができるということは「ミニテル」で経験済みでした。

ミニテルというのは若い人はご存じないでしょうけれど、フランスが80年代に開発した電話回線を使うデータベースです。

都立大の研究室にミニテルのＤＭが届いて、それを読んで興味が湧いて、会社に電話して、営業に来てもらって商品の説明をしてもらいました。

ミニテル本体はフィリップス社製のおもちゃのような機械でしたけれど、１万５０

00のデータベースが検索できること、ミニテル同士でメールのやりとりができることが売り物でした。

ただし、フランス語ベースなので、フランス語ができる人以外には使いようがない。だから、売り先として日本中の大学の仏文研究室にDMを送ったのでした。

「どこかもう入れたところがあるの?」と聞いたら、「東北大学の仏文研究室がお買い上げになりました」と教えてくれました。

早速研究室会議に諮《はか》って先生方を説得して、都立大は晴れてミニテルを導入した日本で2番目の仏文研究室となりました。

ミニテルにはAlireという今のAmazonのブックカタログの先駆的形態のようなデータベースがありました。

クレジット決済のシステムは日本では使えなかったので、データベースを見て、ただ「そういう本が出た」ということを知るだけなのですけれど、それでもフランスの本屋から毎月届くカタログを頭からめくって読むのとは大違いでした。Téléthèseというデータベースではフランスの大学に提出された博士論文の抄録を読むことができました。

これはすごい時代になったなと感心しましたが、先生方も他の助手も興味を示さない。結局僕ひとりが使うことになって、研究室に行くと、デスクの上に鎮座している小さな端末の前に座って、グレーの画面にグリーンの文字で浮きあがるフランス語をひたすら読みふけっておりました。

ミニテルはまことに先駆的なネットワークシステムだったのですけれど、90年代には米国発のインターネットに駆逐されて、ＩＴの技術史の彼方に消えてしまいました。ともあれ、僕は日本で数少ないミニテル・ユーザーだったのでした。

ミニテルはやがてサービス停止になりました。それに代わってインターネットというものが登場し、いろいろなことができるらしいと伝え聞いたので、その手のことに詳しいフジイくんというゼミ生に「インターネットのホームページというのをやってみたいんだけど」と頼んで、ホームページをつくってもらいました。

こういうことについて、僕は「餅は餅屋」主義です。そういうことが得意という人に丸投げする。その代わり、そちらが苦手なことで僕が苦もなくできることは代行する。餅は餅屋がこね、魚は魚屋が三枚におろす。そういうふうに手分けするほうが「ひとりでなんでもできる」よりはるかに効率的ですし、だいたいいろいろな特技の人と知り合うことができて、楽しいじゃないですか。

当時大学3年生だったフジイくんは卒業後東京に移り住みましたが、それから20年経った今も僕の「IT秘書室長」として、僕のまわりにいる「秘書室員」たち（凱風館の門人たち）に指示を出して、神戸にいる僕のIT環境をリモートコントロールしてくれています。彼女のおかげで僕はひさしく人文系の研究者としては例外的にハイスペックな情報環境で仕事をすることができています。

僕は新規な機械が大好きなのですが、メカニズムにはまったく弱くて、コンピューターもカメラもオーディオも内燃機関も、そもそもそういう機械がどういう原理で作動するのかさえ理解できない。使うのは好きなので、いじっていると壊してしまう。でも、直し方はわからない。そういう始末の悪い人間なんです。

パソコンが作動しなくなると、たちまちパニックに陥って、近所に住む「IT秘書」にSOSコールします。

すると、まず「先生、落ち着いてください。電源にちゃんとコンセントがつながっていますか?」と聞かれます。

それくらいのレベルです。

発信したいことを次々アップ

90年代終わりにインターネットのＨＰ（ホームページ）を始めたのは、発信したいことが山のようにあったからです。

学術論文は学内紀要に投稿していましたけれど、それ以外に書きたいことがいくらもありました。とりあえず、これまで書いた論文や講義ノートをアップし、身辺雑記を書き、本を読んだら書評、映画を見たら映画評、音楽を聴いたら音楽評……とありとあらゆることをネット上で公開してゆきました。

今でも、「内田樹の研究室」で検索すると、画面の上のほうに「SITE」とか「BLOG」とか「ARCHIVES」とかいう文字列が出てきます。そこをクリックすると過去のコンテンツが見られます。

ARCHIVESの中にある「長屋」というのは、まだ自前でＨＰを立ち上げる人が少なかった時代に、僕のところに送信してきたエッセイを僕が自分のサイトに上げたものです。書き手には僕の知っている人もいるし、知らない人もいる。

日記やコラムはのちに『ためらいの倫理学』（冬弓舎、２００１年）などさまざまな単行本に再録されました。そのころに書き飛ばした映画評はほぼ全部『うほほいシネクラブ』（文春新書、２０１１年）に再録されています。

映画は大学の講義でもずいぶん取り上げました。

神戸女学院大学ではもちろんですけれど、よその大学でも一時期は集中講義のテーマに映画論ばかりやっていました。

ふだんの90分の講義では、映画を見てから映画について話をということができません。時間が足りなくて。でも、集中講義ならば時間はたっぷりある。午前中、まず僕が取り上げる作品の映画史的意義や「見どころ」についてお話をして、それから全員で映画を見て、昼休み。午後は僕が映画の細部に踏み入って、隠されたメッセージを解読するというスタイルです。

そうやって一日1本ずつ、5日間の集中講義で5本の映画について解読する。一応何を話すか用意をして出かけるのですけれど、映画を見ているうちに、あるいは学生・院生諸君と話しているうちに、新しい解釈可能性を次々と思いついて、集中講義の夜はホテルの部屋にこもって、その日思いついたアイデアをモバイルにがしがし打ち込む。このときに仕上げた集中講義のノートはのちに『映画の構造分析』（文春文庫、2003年）にまとめられました。

出版社から声がかかる

インターネットのＨＰの想定読者は兄と平川克美くんの二人でした。この二人に読んでもらうために書いていたようなものです。この二人が読んで「面白い」と言ってくれるかどうか、それが自分の書き物の質評価の手がかりでした。

でも、いつのまにか口コミで「面白いＨＰを書いている人がいる」といううわさが広まって、だんだんと読者が増えてきました。

その読者の一人に増田聡くんがいました。当時大阪大学の大学院生で、ポピュラー音楽美学の専門家で、彼自身もカルト的な人気のあるＨＰを主宰していました。

この増田聡くんが自分のＨＰで、「神戸女学院大教授、内田樹のサイト。敢えて言う、最も正しい世界への対し方がここにある。オレはこんな大人になりたいのである」と紹介してくれたことで、読者がどっと増えました。

その増田くんのＨＰの愛読者に内浦亨さんという人がいました。

京都に住んでいて、週日はコンピューターの仕事をしていて、週末だけ自宅で「冬弓舎」という出版社の仕事をするという奇特な若者でした。

彼が増田くんのＨＰ経由で僕のことを知り、ＨＰの全コンテンツを読み通して、それを編集して一冊の本にするというアイデアを携えて登場してきたのが、２０００年の夏ごろのことだったと思います。

連絡をもらって、梅田の紀伊國屋書店で待ち合わせをしました。内浦さんは当時まだ26、27歳だったと思います。それが無名の書き手の、売れるかどうかわからない本を出したいという。

それ以前にも、僕も翻訳は何冊か出していました。レヴィナスの『困難な自由』『タルムード四講話』（共に国文社）などの他にユダヤ教関係の本を何点か訳していましたし、中学時代からの友人の映画作家松下正己くんとの共著『映画は死んだ』と大学の同僚、難波江和英《なばえかずひで》さんとの共著『現代思想のパフォーマンス』（松柏社、２０００年）は自費出版で出していました（こちらはのちに光文社新書にしてもらいました）。

だから、内浦さんからのオファーも出版社と著者で経費折半くらいの話だろうと思っていました。

「費用半分負担しましょうか？」と提案しましたけれど、内浦さんは全額冬弓舎が負担すると言う。売る自信があると言うのです。

そう言っていただけると僕もうれしい。

本の装丁は旧友山本浩二画伯にお願いしました。

それが『ためらいの倫理学』です。出たのは2001年3月でした。娘が家を出て東京に行くのとほぼ同時に僕の「文筆家」生活が始まったことになります。

意外にこれがよく売れました。

著者は無名だし、出版社は営業力のない個人商店です。ふつうだったら書店に配架されるはずもないまま返品されるような本でしたが、これがなぜかけっこう読まれて、ぽつりぽつりと書評も出た。

最初に反応したのは編集者たちでした。「新しいタイプの書き手」が思いがけないところから登場することを彼らは職業的経験で知っています。

反応が早かったのが晶文社の安藤聡さん、医学書院の白石正明さん、『ミーツ・リージョナル』という関西のタウンマガジンをやっていた江弘毅さんです。

本が出てすぐに仕事の依頼に来たのがこの3人でした。

晶文社の安藤さんも『ためらいの倫理学』を作ったのと同じ手法、つまり膨大なHPのコンテンツの中から編集者の判断で取り出したテクストをまとめて単行本を作るというかたちを取りました。安藤さんは安藤さんなりのコンセプトがあって、いくつか書き下ろしを依頼されて、それをまとめてでき上がったのが『「おじさん」的思考』(晶文社、2002年)という本です。

医学書院の白石さんは僕が朝日カルチャーセンターでやった身体論講座をテープ起こしして、たちまち一冊の本に仕上げてしまいました（『死と身体』（医学書院、2004年）。

江さんは当時『ミーツ・リージョナル』という関西の情報誌の編集長をしていましたが、こちらは月刊誌への連載コラムでした。「街場の現代思想」というのがその連載コラムに江さんがつけてくれたタイトルで、その連載はのちに『期間限定の思想』（晶文社、2002年）と『街場の現代思想』（NTT出版、2004年）に再録されました。

『ためらいの倫理学』と『「おじさん」的思考』はどちらもすでにネット上に公開されていて誰でも無償で読めるテクストを編集して編集者のセンスで一冊の本に仕上げたものです。「素材」を提供したのは僕ですけれど、「料理」を作ったのは編集者たちです。

この経験で、同じ著者の素材であっても、編集者の個性によって、手触りも雰囲気もずいぶん違う書物ができ上がるのだということを知りました。

なるほど、本を作るというのは書き手と編集者の共同作業なのでした。優れた編集者は僕の（自分でもよくわかっていない）「アナザーサイド」を際立たせてくれる。

そう言えば、僕にとってエポックメーキングな本はどれも個性的な編集者たちの斬新なアイデアと熱い励まし（と督促）によって完成したのでした。『寝ながら学べる構造主義』（文春新書、２００２年）の嶋津弘章さん、『疲れすぎて眠れぬ夜のために』（角川書店、２００３年）の山本浩貴さん、『いきなりはじめる浄土真宗』（本願寺出版社、２００５年）の藤本真美さん、『先生はえらい』（ちくまプリマ新書、２００５年）の吉崎宏人さん、『私家版・ユダヤ文化論』（文春新書、２００６年）の山下奈緒子さん、『村上春樹にご用心』（アルテスパブリッシング、２００７年）の鈴木茂さん、『日本辺境論』（文春新書、２００９年）の足立真穂さん、『困難な成熟』（夜間飛行、２０１５年）の井之上達矢さん、そして、『街場の現代思想』からのち長い長いお付き合いをすることになった三島邦弘さん……。まだまだ数え上げると切りがありませんけれど、そういう点では、僕は共作者としての編集者にはほんとうに恵まれていたと思います。

東京一極集中がなくなる

僕はかなり「遅咲き」の書き手です。

２００１年から本格的に本を出し始めて、今年18年目で、そのあいだに出した本が

Wikipediaによると単著が52冊、共著が60冊、インタビュー・その他が5冊（2019年6月現在）だそうです（単行本の7割くらいがのちに文庫化されて、文庫化に際しても「ボーナストラック」をつけているので、「ヴァージョン違い」をカウントすると、たぶん200冊近くになると思います）。

18年でそれだけ書いたんですから、たいそうなペースです。多いときは「月刊ウチダ」を超えて「週刊ウチダ」状態になったこともありました（出版社は4月と10月に本を出したがるので、ゲラを戻した時期はばらばらなのに、本が出る時期は重なってしまうのです）。

どうしてこんなハイペースで本を出したのかというと、第一はもちろん、それまでの12年間父子家庭で家事優先の生活をしていたせいで、いろいろ言いたいことがたまっていたからです。

そこにインターネットの普及という思いがけない科学技術の進歩があって、僕のような「どこからも原稿依頼の来ない書き手」にも思いのたけを発表するチャンスが与えられた。

これはほんとうに画期的なことでした。

それと同時に、インターネットが明らかにしたのは、実はこれまで書き手のリクルートがほとんど東京一極中心だったという事実でした。

東京以外のところに住んでいる学者は、よほど卓越した業績があるか、メディア受けする分野で仕事をしている人以外、まず商業出版社からは相手にしてもらえない。

この東京一極集中事情は、僕自身が東京から関西に移住して実感しました。前にもお話ししたように、1980年代にはけっこう思想系の雑誌から原稿依頼が続いていたのですが、関西に移住したとたんにぴたっと寄稿依頼が途絶えました。

原稿なんか、電話で発注して、書いたら郵便かファックスで送ればいいだけですから、書き手が東京に住んでいようが地方に住んでいようが関係ないと思うのですが、編集者たちは考えが違うようでした。

関西移住してしばらくしたころ、東京にいるときに書く約束をしていた仕事を取りに神戸まで来たある編集者が、「神戸で降りたのは生まれてはじめてです」としみじみ旅の苦労を愚痴ったことがありました。そして、「仕事のできる編集者は山手線の内側から出ないものなんですよ」と言って苦笑しました。

なるほど。

そうなんでしょうね、きっと。神保町からタクシーで1000円以内くらいのところで全部の仕事を済ませてしまえる編集者が「できる編集者」なんでしょう。

それなら、関西に移住して寄稿依頼がぱたりと止まったのも不思議ではありません。90年に関西に移ってから、『ためらいの倫理学』が出るまでの11年間に、商業誌からの原稿依頼は『週刊読書人』と『読書新聞』から書評依頼があっただけでした（いずれもユダヤ関係の書籍についてでした。誰かイスラエル文化研究会の先輩が「ウチダくんに頼んだら」と言って回してくれたのでしょう）。

別にそれで構わないんですよ。

でも、東京以外の地にも、面白いことをしている人はけっこういるんです。そういう新しい書き手の発掘に意欲的な編集者はきわめて少ない。そのせいで、地方の大学で働いている僕の友人たちが東京の出版社から本を出すことはきわめて例外的です。ときどき友人から頼まれて、知り合いの出版社に原稿を見せて「どうですか」と訊いてみることがあるんですけれど、「うん、面白いんですけれどね。でも、この人無名ですから……」と言葉尻を濁してしまう。そりゃ無名ですよ。東京のメディアに出ない名前なんですから。でも、何かの機会にメディアに出ない限り、地方の大学の先生たちはいつまでも無名のままなんです。

とにかく、僕はインターネットがなければ、職業的なもの書きになることがなかったでしょう。それは確かです。レヴィナスの著作や研究書の翻訳は何冊かはそれからも出したでしょうし、研究論文も自費出版で数冊は出したでしょうけれど、たぶん少数の人たちから「面白いことを書くね」と言われて、それで「おしまい」だったと思います。それを考えると、インターネットに足を向けては寝られません。

批判するより褒める

たくさん本を出せる理由

僕が次々と本を出せた理由の一つは、ネット上にこれまで書いたものをほぼ全部アップしていたので、編集者たちがそれを素材にして好き好きに「自分が作りたい本」を作ることができたからです。

たっぷり「未使用」のストックがあった。加えて1990年代末にHPを始めてからは毎日日記を書いていて、これが毎日ストックされる。僕はこのスタイルをバーナード・ショーに学びました。

ショーは『タイムズ』の「読者からのお便り」欄にその日その日思ったことを、毎日書いては投稿したそうです。『タイムズ』としてはバーナード・ショー先生から毎日頼みもしないのに無料で原稿が送られてくるわけですから、まことにありがたい。でも、さすがに毎日掲載するわけにはゆかないので、適当にインターバルを空けて載せていた。一方、ショーのほうは毎日送っていた投書のカーボンコピーを取っておいて、適量な数がたまると、それを出版社に持ち込んでエッセイ集として単行本にして出していたのです。

なんと賢い方法であろうかと感心して、僕もこのスタイルを踏襲することにしました。

ネット日記のよいところは字数に制限がないことです。どんなテーマで何字書いても構わない。書いている途中で「あ、授業が始まるので、今日はここまで」とぶつりと切れても、誰からも文句を言われない。

原稿料取っているわけじゃないですからね。内容についても書き方についても誰にも気兼ねせずに済む。

そうやって10年近く毎日毎日日記を書いていたのですから、たいへんな量のストックになった。これだけあると、単行本をいくら出しても追いつかない。

たぶん今もネット上に備蓄されている「未使用テクスト」は単行本にして数十冊分はあると思います。活字化できるクオリティであるかどうかということはさておき、量だけはあるんです。

もう一つ僕の多産の秘訣は「授業を本にする」という手法をとったことです。

『私家版・ユダヤ文化論』や『寝ながら学べる構造主義』のように講義ノートに加筆

して本にしたこともありますし、授業を録音したものを文字起こししてもらって、それに加筆して本にしたこともあります。

ゼミの場合だとゼミ生の発表やディスカッションもあります。でも、学生・院生の発言部分は割愛して、彼らの発言にインスパイアされて僕がしゃべったことだけを文字起こしして「語り下ろし」のようなスタイルにしてもらうことにしました。

これはやってよかったと思います。

何より学生たちの間に緊張感が生まれます。教室に編集者が来て、教壇にマイクが置いてあるんですから。

教師ももちろん緊張しますけれど、ゼミの発表者なんかずいぶん一生懸命勉強して来てました。

人の話からアイデアが生まれる

対談本も多いんです。出した本の4分の1くらいが対談本じゃないかな。多いほうだと思います。

世の中には、対談が得意じゃないという人もいますが、僕は好きです。

対談が得意でない人というのは、たぶん「ぜひ申し上げたいことがある」という人だと思うんです。

相手がどういう話題を振ってきても、それを無理やりにでも自分の関心あるテーマにひきつけて、何とかして自分が言いたいことを言おうとする。

人情として当然のことなんです。

でも、そうやって毎回「自分が言いたいこと」を言っていると、対談相手が替わっても、自分が話していることはあまり変わらないということになる。それだと、本人が退屈しちゃうんです。

僕は人の話を聞くのが好きです。特に自分が全然知らない専門分野の人の話を聞くのが好きです。

ふだんからそうです。結婚式の披露宴なんかで、ぜんぜん違う仕事の人と隣り合わせることがありますね。そういうときに、ついその領域では今どういうことが起きているのか聞いてしまう。僕が目を輝かせて話を聞いているので、先方もそれなりに熱を入れて語ってくれる。

そのうち、はっと我に返って「こんな話、面白いですか?」と怪訝な顔をされる。

そういうことがけっこうよくあります。

知らない分野の話を聞くのが好きなんです。聞いているうちにこちらも触発されて、

「それを聞いて、今、思いついたんですけど……」とその場で思いつくことがある。

大学でもそうでした。教員同士が授業の合間にお茶飲んでいるときに、僕はつい相手の手元をのぞき込んで「その本、何ですか?」とか「その資料で何の話をするんですか?」と聞いてしまう。

相手が話し出すと、つい聞き込んでしまう。そうやってずいぶんいろいろな知識を教えてもらいました。

対談本が多いのもたぶんそれと同じ「人の話を聞くのが好き」ということがあるせいだと思います。

僕だっていつもの話を繰り返すより、これまで聞いたことのない相手の話に反応して、「これまで一度もしたことのない話、これまで脳裏に一度も浮かんだことのないアイデア」を語るほうが楽しい。

今思いついたばかりのアイデアというのは、泡立てたばかりのホイップクリームのようなもので、すごく美味しいんです。

それは自分のもそうだし、相手のもそうです。

だから、対談のときは、僕はその人の手持ちの知見をすらすらと滑らかに語ってもらうよりも、その人の博識のストックから、今浮き上がった泡のところをいただきたい。

うまく泡が立つと、「今、ふっと思いついたんだけど」とか「これ、別に根拠もないにもない話なんだけどね」というふうにそれぞれが今ここで思いついた話をし始める。これが対談者にとっても読者にとっても、一番面白いところではないかと思います。それに対談をきっかけに、対談相手と意気投合して、それから仲良くなるということがあるでしょう。

対談企画そのものは編集者が持ち込んでくるわけですけれど、そのおかげでずっと会いたいと思っていた人と知り合える。

養老孟司先生から始まって、高橋源一郎、関川夏央、矢作俊彦、橋本治、鷲田清一、三砂ちづる、中沢新一、鈴木邦男、姜尚中……ほんとにたくさんの人と知り合いました。大瀧詠一さんと知り合えたのも対談企画のおかげですし。

その人の一番いいところを見る

「なぜ仕事で会った人とそのあとも付き合いが続くんですか?」とか、「どうして、はじめて会った人とすぐに仲よくなれるんですか?」と聞かれることがあります。

どうしてなんでしょうね。昔からわりとそうなんです。

「誰とでもすぐ友だちになれる」というのは生きる上でとてもたいせつな能力ですけれど、間違いなく僕はこの能力は高いです。

もしコツがあるとすればそれは、相手の一番いいところを探して、そこにフォーカスしてお付き合いするということじゃないかと思います。

どんな人でもいろいろな面がある。いいところもあるし、嫌なところもある。面白いところもあるし、つまらないところもある。ユニークなところもあるし、凡庸なところもある。あって当然です。

僕はその人の一番「いいところ」、一番「面白いところ」、一番「ユニークなところ」だけを見るようにしています。

相手も生身の人間ですからいろいろとアップダウンがあり、凸凹がある。

クリエイターの場合だと、「これは傑作だけれど、こちらはイマイチ」というような質のバラツキは必ずあります。

でも、「このへんはイマイチですね」なんてことを本人に面と向かって言ってもしようがない。本人だってそれは重々承知しているわけですから。

批判されたり、面罵されたりした人が、そう言われることでやる気を出して、その次によいものを仕上げるということはふつうありません。

僕たちは彼らの作品の享受者なわけですから、とにかくできるだけ質の高いものを受け取りたい。

どうすれば、クリエイターの質が上がるかというと、これはもう「いいところをほめる」しかないわけです。ほんとに。

その結果、すばらしい作品が仕上がって、それを享受することで利益を得るのは僕たち自身なわけですから。

僕は別に「おべんちゃら」を言えと言っているわけじゃないんです。火を熾《おこ》すときに、うちわであおいだり、ふうふう息を吹き込んだりするのと変わらない。

僕は火にあたりたいわけです。だから、どうすれば火がおこるかを考える。

作品について「この辺がダメだ」と辛辣に指摘すれば必ず次の作品がよいものになるというのなら、僕だって寸暇を惜しんでダメ出ししますよ。

でも、人間はそういう生き物じゃありません。

人に質の高いものを生み出してほしいと思ったら、いいところを探し出して、「これ、最高ですね」「ここが、僕は大好きです」と伝えたほうがいいに決まっている。

少なくとも僕はそうです。批判されたら落ち込む。ほめられるとやる気になる。当たり前ですよ。

肺腑をえぐるような批判をされてボロボロになるのは、もちろんその批判が「当たっている」からです。

でも、批判が当たっているからと言って、それで次の仕事に向かって「さあ、やるぞ」と意気軒高になるということはありません。

同じような失敗をしないように警戒心は高まるでしょう。欠点は補正されるでしょう。でも、そのせいで魅力的な部分がより開花するということはありません。

絶対にありません。

批判を受けたせいで魅力が増すということはないんです。

というのは、才能ある人の魅力というのは、ある種の「無防備さ」と不可分だからです。

一度深く傷つけられると、この「無防備さ」はもう回復しません。その人の作品の中にあった「素直さ」「無垢」「開放性」「明るさ」は一度失われると二度と戻らない。

だから、この人にはまだまだ発現されていない才能があると思ったら、この人にはもっと傑作を創り出してほしいと思ったら、骨がきしみ、血が出るような批判をして、欠点を補正させるよりは、どうやったら「傑作を創る気」になってくれるか、僕はそれを考えます。

そして、経験的にわかったのは、人にほんとうに才能を発揮してほしいと思ったら、その人の「これまでの業績」についての正確な評価を下すことよりも、その人がもしかすると「これから創り出すかもしれない傑作」に対して期待を抱くほうがいいということです。

だから、僕が世間的にはまったく無名な人に対して敬意を表するのは、「この人がこれから創り出すかもしれないもの」に対する期待を感じるからです。

そういうのはわかるんです。才能のあるなしは、それがまだかたちになっていなくても、わかる。

そして、才能はしばしば「あなたには才能がある」という熱い期待のまなざしに触れたことがきっかけになって開花する。

才能はそこに「ある」というより、そこで「生まれる」んです。

だから、僕はこの世界を、豊かな才能と、彼らの創り出した作品によって満たされたものにしたいと願うので、批判するよりはほめ、査定するよりは期待するようにしています。

今の話は創作についてですけれど、それとまったく同じことは教育についても言えるんです。

無理な決断はするな

教え子と再婚

２００１年春に高校を卒業した娘が家を出ていってからしばらく一人暮らしをして、２００９年に再婚しました。

相手は神戸女学院大学の教え子だった人です。教員と学生の結婚は神戸女学院では珍しくありません。先輩方にも独身で赴任してきて、教え子と結婚した方が何人もおられました。

父子家庭で楽しく暮らしている間はまた誰かと結婚するということは考えていませんでした。なにしろ親子二人暮らしは気楽ですから。

でも、娘が出ていったので、そろそろ再婚してもいいかなと思うようになりました。一人暮らしを始めてから再婚するまでにしばらくタイムラグがあったのは、奥さんが大学卒業後、能楽師としての修業を始めたからです。

大蔵流の小鼓方として長い内弟子修業に入ってしまった。伝統芸能の内弟子というのは稽古をするだけでなく、先生とともに旅をしたり、舞台の後見を務めたり、楽屋働きをしたりと、私生活はないに等しい。

奥さんは住み込みではなく通いでしたが、先生の家が近くでしたからほぼ毎日のように日参し、先生の稽古や本番の舞台についてゆくという生活でしたから、とても結婚なんかできません。

10年ほどの内弟子修業が終わると、玄人として独立することになり、自分で仕事を取って、自分でスケジュールを管理し、自分の稽古場で弟子に教えることができるようになります。

ですから、奥さんのお師匠さまから、「もう結婚してもよろしい」と言っていただけるまで何年かかるかわからないけれどこちらは待っていたのでした。

強く念じたことは実現する

50代の終わりごろに、少し早いけれど選択定年制で60歳で神戸女学院大学を退職することに決めました。

退職後は武道専業にして、副業で物書きをする。それにはぜひ自前の道場が欲しかった。

理想を言えば、住居と道場を兼ねた建物です。奥さんは能楽師だし、僕も観世流を長く習っていますから、畳を上げたら能舞台になるような道場がいい。

「道場が欲しい、欲しい」と思ってはいましたけれど、そこそこの広さの道場を建てようと思ったら、土地と建物で2億円はかかる。そんなお金は僕にはありません。

でも、「欲しい。欲しい」と強く念じていたら、思いがけなくお金が入ってきました。「強く念じたことは実現する」というのは私の師匠の多田先生のお言葉ですが、ほんとうにそうなんです。

まず50歳を過ぎたころから、本を書くようになり、印税収入というものが大学教員の給料以外に入るようになった。もちろん、それだけでは道場を建てるにはとても足りません。

ところが2008年の春に、兄が自分の会社を売ると言い出したのです。60歳を機に引退して、あとは悠々自適の生活をするというのです。リーマンショックの前でしたので、ずいぶん高値で売ることができました。

兄が会社を売ると聞いたときも、「ああ、そうですか。兄貴は楽隠居するのか、いいなあ」としか思っていなかったのですけれど、兄から「樹の分もあるぞ」と言われました。

すっかり忘れていましたけれど、兄が25年ほど前に起業したときに、僕も乞われていくらか出資していたのでした。

その出資した分のパーセンテージ分だけ分配金があると言う。出した分の30倍くらいになっていました。けっこうな金額でした。

母は兄に言われるままに「あげたつもり」でじゃんじゃん出資していたので、80歳過ぎて、いきなり大金持ちになってしまいました。

「いくらお金を持っていても墓場にまで持っていけるわけじゃないよ。樹が道場欲しいって言ってるんだから、土地くらい買ってやれよ」と兄が口添えしてくれたので、母が資金を援助してくれることになりました。

僕が兄から受け取った配当と母が出してくれる分、それに僕の貯金と退職金をぜんぶつぎ込んで、足りない分は銀行から借りるという算段をしたら、どうやら自分の道場が持てそうでした。

それから土地探しが始まりました。

さいわい、神戸のＪＲ神戸線の住吉駅の近くによい土地がみつかりました。

武道の道場は伝統的に南側に入り口があって、北が正面というのが基本です。みつかったのは南北に細長い、道場にぴったりの土地の形でした。駅から歩いて２〜３分。

これなら通勤通学前に朝稽古をすることもできるし、仕事が終わった後に駅から走ってくれば、終わりのほうだけでも稽古に参加できます。

道場は建ぺい率ぎりぎりで70畳取れました。1階は道場と更衣室と書生部屋。2階が自宅です。

建物は光嶋裕介くんという若い建築家に設計をお願いすることになりました。

光嶋くんとの出会いと道場建設のいきさつについては、光嶋くん自身が『みんなの家。』（アルテスパブリッシング、2012年）と僕の書いた『ぼくの住まい論』（新潮社、2012年）に詳しく書かれていますが、これも不思議な「ご縁」に導かれた出会いでした。

とにかくいろいろな方たちの支援と協力があって2011年11月に道場は完成しました。これが僕が趣味にあかせてお洒落なマイホームを建てたというのでしたら、みんなも「あらそうですか」という感じで、別に支援も協力もしてくれなかったと思います（お祝いに鉢植えを贈ってくれるくらいで）。他人が服を買うとか、自動車を買うとかいうときに「お金出そうか？」と言う人はいませんから。

でも、道場だと話が違います。

道場は公共的な建物、「みんなの家」です。

合気道の門人たちはこの道場が完成すると、（理論的には）３６５日24時間稽古ができる環境を手に入れることになる。能舞台は武道以外のイベントに使うことができます（実際に、そのあと能楽以外にも演劇、落語、浪曲、義太夫、映画……とさまざまな催しがここで開かれることになりました）。畳の上に座卓を並べれば「寺子屋」になる。

それらのさまざまな活動の受益（予定）者たちが建物のために有形無形の協力をしてくれました。これだけ多くの人がその完成を心待ちにしてくれた建物というのは、あまり存在しないのではないでしょうか。


完成した道場は凱風館《がいふうかん》と名づけました。

詩経の「凱風南よりして彼の棘心《きょくしん》を吹く」という一節からとりました。凱風というのは初夏に南から吹く風のことです。その風に吹かれると、とげのあるいばらの芽も開く。

もともとは古謡でラブソングのリフレインの部分なのですが、やさしい風に吹かれると頑なな心も開くというのは教育機関としての道場名にふさわしいだろうと思ってつけました。

名前は歯医者に向かって自動車を運転しているときにふっと浮かびました。北斎に『凱風快晴』という名画があります。たしか凱風というのは南風という意味で、英語ではAusterというのだということもそのときに思い出しました。

昔仲の良かったコピーライターの久保山裕司くん（惜しくも若くして亡くなりました）が日産オースターという自動車のコピーに「万次郎、南の風だ。オースター」を提案して却下されたと悔しそうな顔をして話してくれたこともついでに思い出しました（代わりに採用されたのは「南の風、晴れ、オースター」というおとなしいコピーでした）。その話を聞いたときに、「万次郎」のほうが浪漫的でいいのに……と僕も思いましたが、その久保山くんの思い出もこめて凱風館としました。

凱風館という名前をネットで調べたら、関西大学のウェイトリフティング部が入っている建物の名前がそうでした。まあ、取り違える人はたぶんいないだろうと思って、これに決めました。

いつどこに自分がいるべきか

大学を辞めたあとは、「凱風館館長」をメインにして、「物書き」は副業のつもりで日々を送っています。

凱風館には門人が３００人、稽古は週６日、週末にはいろいろなイベントが入っています。それをこなすだけでも一仕事です。

楽なのは、住居から職場へ行くのに階段を降りるだけでいいこと。うまくすると、一日に一度も家から出ないで済みます。

僕はもともと家好きで、できるだけ家から出ないように暮らしています。大学在職中も家と大学を判で捺《お》したように往復するだけでした。

旅行というのがあまり好きじゃないし、散歩とか、ふらっとドライブとか、したことがありません（と言うと驚く人が多いんですけれど、ほんとうです）。どこかに行くのも用事があるから行くだけで、まっすぐ最短距離を最短時間で移動して、用が済んだらまっすぐ帰る。

「侍は用事のないところには行かない」というのは多田先生の教えでもあります。

トラブルというのは、いなくてもいいときに、いなくてもいいところにいるせいで起きるものです。

『ダイ・ハード』のマクレーン刑事（ブルース・ウィリス）はだいたいいつも「間の悪いときに間の悪い場所にいた（in the wrong place at the wrong time）」せいでと

んでもないトラブルに巻き込まれてしまうわけですけれど、トラブルというのはまさに不適切な時間と場所の産物なんです。

だから、武道家は「いるべきときに、いるべきところに」いなければならない。用事があるときはそこに「呼ばれている」わけですから、まっすぐその「呼ばれた」場所に、「呼ばれた」時刻に行く。

それ以上早くも遅くもならず、寄り道もしない。それでもことと次第によってはトラブルに巻き込まれることがある。だとしたら、どうして好き好んで自分からぶらぶらと用もないのに、呼ばれてもいないところに出かける必要がありましょうか。

どこに行っても長居は無用です。用事が終わったら、さっと立ち上がって、さっと帰る。

「自分探しの旅」とかにあてもなく出かける人がたまにいますね。それはたぶん、用もないのに旅に出ると、ほぼシステマティックにトラブルに遭遇するからだと思います。「さまざまなトラブルに連続的に遭遇するけれども、それをそのつど手持ちの資源でやりくりしてしのぐ」訓練のための旅ということでしたら、理屈はわかります。武者修行の旅のようなものですね。

でも、僕はしませんけど。

自分がほんとうはどんな人間なのかなんてことは、家にいて机に向かって文字を書いていていても、稽古をしていていても、奥さんとおしゃべりをしていても、しみじみわかりますから。

「人生をリセットする」前に

人生を変えたいと願って、清水の舞台から飛び降りる気持ちで、あてのない放浪の旅に出たり、カルト宗教に入ったり、怪しげな健康法を実践したりという人がいます。気持ちはわかりますけれど、「人生をリセットする」というのは、あまりよいことのようには思えません。

というのは、それは「どこかでリセットしないとどうにもならないような生き方」をそれまでしていたということだからです。それもたぶんずいぶん前に「このままではろくなことにならない」と気がついていながら、何も手を打たずに来た。「このままゆくと、ろくなことにならないな」と気がついたときにすぐに生き方を改めたなら、「清水の舞台から飛び降りる」ほどの決断は要さなかったでしょう。

僕は25歳のときに「このままではろくなことにならない」と思って合気道の稽古を始めましたが、それは具体的には同じ町内にある町道場に、夕方になると週に２日ほど通うというだけの変化でした。

だから、傍から見ていた人たちには僕の変化は感知されなかったと思います。それでも、それが結果的には人生の決定的な転轍点《てんてつ》だった。

多田先生に入門したことは僕にとって「決断」ではありません。なにしろ、そのころ毎晩のように通っていたなじみの店にゆく道筋に多田先生が教えていた自由が丘道場があったんですから。

自由が丘という街に僕が住むことになったのも偶然と言えば偶然ですけれど、偶然ではないと言ったら偶然ではない。

生まれ育った下丸子という町から一番近い繁華街と言えば、目蒲線の蒲田か、東横線の自由が丘でした。子どものころからよく母親の買い物についてゆきましたから、土地勘もあった。

70年代には自由が丘は急速に「おしゃれな街」に変貌していましたが、駅前から少し離れるとまだ雑木林や畑も残っていた静かな住宅街でした。学生時代に「住むなら自由が丘あたりがいいな」と思って、家を探したら、すぐに格安の物件が見つかった。なじみの店もできて、そこに通うようになったら、ある日……というわけです。劇的な要素なんかどこにもありません。

ご縁つながりで、そのときそのときの流れに従って淡々と生きてきたら、気がついたら子どものころにぼんやり想像していたのとはずいぶん違う道筋で生きてきてしまった。僕はそういう感じがしています。だから、右するべきか左するべきかで悩んだということはこれまでたぶん一度もありません（離婚するときも「あ、これは無理」と思ったときにすぐ手続きをしましたから、苦しくはありましたけれど、悩みはしませんでした）。

決断とか選択ということはできるだけしないほうがいいと思います。右の道に行くか、左の道に行くか選択に悩むというのは、すでにそれまでにたくさんの選択ミスを犯してきたことの帰結です。

ふつうに自然な流れに従って道を歩いていたら、「どちらに行こうか」と悩むということは起きません。

日当たりがよいとか、景色がいいとか、風の通りがいいとか、休むに手ごろな木陰があるとか、そういう身体的な「気分の良さ」を基準に進む道を選ぶ人は、そもそも「迷う」ということがありません。

そちらの道を選ぶと、「日が差さなくて、景色が見えなくて、どんより気が濁っていて、腰をおろしたくなる場所もない」というような道が分岐点に出てきても、「そんな道」を選ぶはずがない。そんな道は選択肢としては意識化されませんから。

ですから、身体的な気分のよさを揺るぎない基準にして歩いてきた人は、実際にはいろいろな分岐点を経由してきたのだけれども、主観的には一本道を進んできたような気がする。

それが理想なのだと僕は思います。

さあ、この先どちらの道を行ったらいいのかと悩むというのは、どちらの道もあまり「ぜひ採りたい選択肢」ではないからです。どちらかがはっきりと魅力的な選択肢だったら、迷うことはありません。迷うのは「右に行けばアナコンダがいます。左にゆくとアリゲーターがいます。どちらがいいですか?」というような場合です。そういう選択肢しか示されないということは、それよりだいぶ手前ですでに「入ってはいけないほうの分かれ道」に入ってしまったからです。

決断を下さなければいけない状況に立ち至ったというのは、いま悩むべき「問題」ではなくて、実はこれまでしてきたことの「答え」なのです。今はじめて遭遇した「問題」ではなく、これまでの失敗の積み重ねが出した「答え」なのです。

ですから「正しい決断」を下さねばならないとか「究極の選択」をしなければならないというのは、そういう状況に遭遇したというだけで、すでにかなり「後手に回っている」ということです。

決断や選択はしないに越したことはない。

ですから、「決断したり、選択したりすることを一生しないで済むように生きる」というのが武道家としての自戒になるわけです。

やりたくないことはやらないほうがいい

いまは雇用環境が悪化しているために、過労死寸前まで働かされている人がたくさんいます。そういう人は、一度病気に倒れてからようやく生き方を変えるということになる。

でも、病気から無事に回復できればいいですけれど、回復のむずかしい傷や疲れを負い込むことだってあります。だったら、そんなところまで追いつめられる前にとっとと逃げ出したほうがよかった。

そこまで我慢するのは、申し訳ないけれど相当に身体の感覚が鈍っているということです。「こんなところにいたらそのうち死んでしまう」ということは、働き出してしばらくすればわかったはずです。身体が厭がって、出社しようとすると胃が痛くなるとか、頭が痛くなるとか、そういう自然な身体反応があったはずです。それは身体が「命が削られている」ことについて、アラームを鳴らしているのです。身体だって必死なんです。でも、それに耳を塞いで、最後の最後に病気になるまで働き続けた。

やりたくないことは、やらないほうがいい。

「雨が降っても槍が降っても、這ってでも稽古に行く」というような無謀なことをしてはならないと凱風館ではよく門人に言います。

稽古に行くつもりだったけれど、朝起きてみたら「なんとなく行きたくないな」と思ったら、その直感を優先した方がいい。

身体が「行ってはいけない」とアラームを鳴らしているんです。そういうときは身体の発信するシグナルに従う。

それを無視して出かけると、道場で怪我をするとか、人間関係のトラブルを起こすとか、行き帰りの路上で思いがけない災厄に巻き込まれたりする。

当たり前ですけれど、身体が「行きたくないよ」と警告を発しているのを無視して、いわば「アラームを切って」出かけているわけですから、センサーが働かない、だから、ふだんだったら気づくはずのことに気づかない。人の動線を塞いだり、話しかけられたのに答えなかったり、冗談を本気にしたり、そうやって要らぬトラブルに巻き込まれる。

それが「機を見る、座を見る」ということです。頭の中で考えた利害や正否の判断よりも、自分の直感の声に従うということです。

どちらへ行っても同じ目的地に

わが半生（というか、4分の3生くらいですかね）をこうやって振り返ると、途中でいくつか分かれ道はあったことがわかります。

でも、僕の場合の人生の分岐点でどちらを選んでも、結局は、同じようなところにたどり着いたような気がします。

違う大学に入っても、博士課程に進まなくても、違う仕事に就いても、どの道を進んでも、今の自分の暮らしぶりはあまり変わっていないんじゃないかな。

先に書いたとおり、もし40歳になるまでに専任が決まらなかったら、仏文学者の道は諦めて、アーバン・トランスレーションに戻って出版事業をやろうと思っていました。実際に、それはかなり可能性の高い選択肢でした。

でも、大学を辞めても、相変わらず合気道は続けていたでしょうし、レヴィナスを訳したり、ものを書いたりすることもやめなかったでしょう。

だから、会社を60歳くらいで退職したときにはきっと「さ、これからは合気道メインで、物書き副業でいくか」というようなことをつぶやいていたと思います。「ああ、自分の道場が欲しいなあ」というようなことも強く念じていたんじゃないかと思います。

そして、40歳ごろにやはり離婚したとしても、同じように自由が丘のあたりに住んでいて、書斎の本棚には同じような本が並んでいて、同じような映画を見て、同じような音楽を聴いて、同じような友人たちと遊んでいたのではないかと思います。

高橋源一郎、小田嶋隆、関川夏央、橋本治、鷲田清一といった人たちとは、大学の教員以外の仕事をしていても、きっと何かのきっかけで出会って、仲よくなっていたのではないでしょうか。

多元宇宙のそれぞれの世界にそれぞれの僕がいるとしても、どこでもそれほど変わらない人生を送っている、そんな気がします。

「人生の岐路で、右左どちらに行くかで悩む」というのはあまり意味がないよ、ということをお話ししましたけれど、それは右に行っても左に行っても、人間が同じである以上、行き着く場所はそれほど変わらないということです。

結局、蟹が甲羅に合わせて穴を掘るように、僕たちが選ぶ人生も自分の器に合ったものにしかならない。

僕は25歳のときに合気道に入門したことで、「これでやっと抑えの利かなかった自分を善導してくれる師と出会えた」と思って安堵したのですけれど、仮にその時点で多田先生に出会わなくても、早晩どこかの時点で「師に導かれて修行する」という生き方は選んだだろうと思います。

合気道ではなく違う武道だったかもしれないし、あるいは老師に就いて参禅するとか、先達に導かれて禊《みそぎ》を行するとかいうことだったかもしれません。なんだかわからないけれど、僕の気質からして「師に就いて修行する」ということは必ずやったはずです。

誰と結婚してもそこそこ楽しい

結婚もそうです。いまの奥さんと出会わなくて、違う誰かと結婚しても、やっぱりそこそこ楽しくやっていたんじゃないかと思います。

結婚というのは「宿命的な相手」がこの世のどこかにいて、その人に会うまでさまよい歩くというようなことではないと思います。

結婚生活の成否は宿命によってではなく、結局は他のことと同じで、ほとんどその人の器で決まります。相手が代わると天国から地獄へ（あるいはその逆）というようなことはありません。

オープンマインドな人は誰と結婚してもそこそこ幸福になれるし、こだわりのきつい人は誰と結婚しても不満が募る。

結婚の幸福度を決めるのは、なんだかんだ言っても最終的に自分の「幸福になる力」です。

それは友だちと仲よくするのと基本は同じです。相手の「いいとこ」を見て、それに対して敬意と好奇心を持つ。そうすれば、お互いに「いいとこ」を選択的に相手に示そうとするようになり、「やなとこ」はあまり用事がないので後景に退く。

それが消えてなくなるわけじゃないんです。でも、日常生活にあまり出なくなる（時々出てきますけど）。でも、武道や芸事の修行と一緒で、場数を踏めば、だんだん腕が上がってくる。

10人の独身の異性が前にいたときに、そのうち3人とは結婚してもそこそこ幸福に暮らせる気がするのが「大人」で、「5人まではいける」と言えたら「人生の達人」。

すべからくわれわれは「人生の達人」めざして生きるべきだと僕は思います。

後悔は2種類ある

というわけで、68年生きてきましたけれど、特に後悔していることはありません。

後悔には2種類があります。「何かをしてしまった後悔」と「何かをしなかった後悔」です。

取り返しがつかないのは「何かをしなかった後悔」のほうです。

「してしまったことについての悔い」は、なんだかんだ言ってもやったのはたしかに自分なんです。

そのときには自分がやりたいと思って、やるべきだと思ってやったことがうまくゆかなかった。だから、それが失敗したとしても、それについては自分で責任を取るしかない。

その失敗を糧にして、同じ失敗を繰り返さないようにすればいい。そうやって人間は成長してゆくんですから。

でも、「しなかった後悔」には打つ手がありません。というのは、「しなかった後悔」には後悔する主体がいないからです。

「あのとき、ああしておけばよかった」と思うのは「あのときああしていた自分」が「本当の自分」だと思っているということです。でも、今の自分は「あのときあれをしなかった自分」です。だから、論理的に言うと、今の自分は「本当の自分」じゃないということになる。「オレは本当はこんなところにいて、こんなことをしているはずじゃない」と思っている「仮の自分」です。

そういう人はその失敗を糧にすることもできないし、それを通じて人格陶冶をすることもできません。

だって、今「あれしておけばよかった」と思って悔やんでいるのは本当の自分じゃない「誰か」だからです。「ああ、うんざりするぜ」という「うんざり感」だけが空中に浮遊していて、「うんざりしている主体」が存在しない。笑いだけが残って姿を消すチェシャ猫みたいなものです。後悔だけがあって、「こんな失敗は二度と繰り返すまい」と思っている人間がいない。

匿名の発信は無意味

いまＳＮＳは罵倒と呪詛の言葉が渦巻いていますけれど、口汚く人を罵る人たちを駆り立てているのは実はおおかたが嫉妬です。言うと怒るので、あまり言わないようにしていますけれど、人を罵倒する人間を駆り立てている一番強い感情は嫉妬です。

彼らが怒っているのは、彼らの罵っている相手が「オレがいるはずの場所」を占めているからです。

「人々が注目しなければならないのはオレだ、人々が意見を拝聴しに来なければならないのはオレだ、人々が敬意を払うべき相手はオレだ、なんでオレの席にお前がいるんだ。場所を代われ」と言っているんです。

それは彼らが「自分より格下」だと思っている人間を相手にしないことからわかります。

そんな人間と居場所を交換してもしようがないからです。

彼らが欲しいのは「彼らのもののはずなのに彼らに与えられないもの」です。それが彼らに与えられないのは、誰かが不当にそれを占拠しているからです。

そう思うからこそ、そういう手ごろな相手を探し出して罵倒し、嘲弄し、冷笑する。

別に論破したいわけじゃないんです。もちろん、話し合いをして、説得したいわけでもない。自説が正しいことを理解してほしくて言葉を発しているわけじゃない。ただ、「そこをどけ」と言っているだけなんです。

それは彼らが匿名で発信していることから知れます。

「そこはオレのいるべき居場所なんだから、そこをどけ」と言っている人は「今のオレは『ほんとうのオレ』じゃない」と思っています。だから、名乗らない。それは「ほんとうのオレじゃない誰か」の名前だからです。

いま自分が嘲弄し、罵倒している相手を「そこ」から追い出して、自分が代わって、その地位を占めることになったとしたら（あまり望みはなさそうですけれど）、そのとき、そこにいるのが「ほんとうのオレ」です。

それまでは名乗るべき名前を持っていない。

だから、匿名でしか発信することができない。

これは「しなかったことについての後悔」と構造は同じです。

後悔を引き受ける人間がいないように、「そこをどけ」と言っていながら、「そう請求しているあなたは誰ですか？」という問いには答えない。

だから、匿名者はどれほど大量の発言をしても、その成否や正誤から学習することができません。だって、その責任であれ、功績であれ、それを引き受けるべき固有名の人間がこの世に存在しないんですから。

ノーベル賞級の発見をした人間がＳＮＳに匿名でそれを公開するということはありえません。匿名だとその功績を「自分のものです」と請求することができないからです。賞金も特許権も国民栄誉賞ももらえない。

だから、ほんとうに大切なこと、「自分が言わなければ誰も言わないこと」を言おうと思う人は、決して匿名で発信しない。

僕はそういうふうに考えています。だから、匿名で送られてくる言葉にはいっさい反応しません。それは「発信者が匿名だから」じゃありません。「発信者が誰でもない人間」だからです。

触覚的に世界を理解する

「自分が含まれている世界の成り立ちを理解したい」という願いをずっと抱いていましたけれど、最近は「世界を一望のもとに睥睨《へいげい》する」というような視覚的な枠組みでものを考えることがめっきり少なくなりました。

なんか、視覚よりももっとプリミティブな感覚で世界をとらえたほうがいいのかなという気がしています。

若いころは「世界を理解する」という作業については、どうしても「見る」という視覚的な動詞を使っていました。

でも、ある時点から視覚的な比喩をだんだん使わなくなってきた。それよりは触覚的な比喩を多用するようになりました。

「なんか、詰まっているな」とか「こわばっている」とか「緩んでいる」とか「ずれてる」とか「ひっかかる」とか、そういう表現を頻繁に使うようになりました。

合気道の稽古ではもちろんそうですけれど、それ以外に、哲学的な論究においても、触覚的な比喩のほうをつい選択してしまうようになりました。「肌がざわつく」とか「息が詰まる」とか「喉まで出かかる」とか、そういう表現が増えてきました。

いま僕は新教出版社というキリスト教系の出版社が出している『福音と世界』という月刊誌に「レヴィナスの時間論」を連載しています。もう2年半ほど書き続けていますけれど、昔書いたレヴィナス論と比較すると、書き方がずいぶん触覚的になっていることがわかります。

時間論ですから、空間的な比喩は使えません。使ってもいいけれど、それだと時間論にならない。

例えば、過去・現在・未来を色分けして、一列に並べて画像的に表象することはできます。でも、それは単に時間を空間図像に変換しているだけで、時間そのものを表象しているわけではありません。

時間を理解可能な仕方で表象するためには、時間的な現象に即して語るしかない。言葉を話すとか、音楽を聴くとかいう聴覚的な比喩でもいいんですけれど、リアルに時間が実感されるのはやはり身体の中で起きている現象です。

「かすかに香ってくる匂いに気づく」とか「食べ物が喉元を過ぎる」とか「筋肉の詰まりがとれて、流れが通る」というような現象はたしかに時間をいきいきと内包していて、その感覚を伝えることができる。

そういう語彙や表現が若いころの僕にはなかったのですが、年をとったせいで、だんだんそういう言葉づかいができるようになってきた。

比喩が触覚的・身体的になると、論の進め方もやっぱり触覚的・身体的になる。話が「にゅるにゅる」進むんです。「おや、ここに隙間があるぞ」と思ったらその隙間に入り込む。進んでゆくうちに、壁に当たって、つかえたら、しかたなく元に戻る。そして、また「にゅるにゅる」を続ける……そういうふうにだらだらと書いています。

でも、このだらだらした書き方が今の自分に一番しっくりきます。

読み返してみると、まるで理路整然とはしていないし、起承転結にはほど遠いんだけれど、とにかく言葉はずっと流れていて、読みやすい。流れに身を任せていると、すらすら読める。

合気道のおかげで身体感覚が研ぎ澄まされたのかもしれないし、生物として退化したのかもわかりませんが、だんだんと思考も書き方も原生動物的になってきている感じがします。

単細胞生物だって、エサがあれば向かい、捕食者が来たら逃げる。それくらいのことは触覚的にわかる。同じことがこれほど複雑な生命体である人間にできないはずがない。

でも、なかなかそれがうまくゆかないのは、人間が視覚優位だからです。

空間認知が視覚優位なので、社会構造も視覚的に設計されている。

視覚ベースで制度設計されている社会の中でずっと暮らして、視覚優位で反応していると、視覚的スキームから出られなくなってしまう。

いつの間にかあらゆるものを視覚的に、空間的に表象するようになる。

でも、それではとらえられないものによって世界は満たされています。

例えば、視覚ベースの社会制度の中では、時間が表象できない。

時間について考えるときに、ほとんどの人は時計の盤面を思い描きます。

たしかに、そこには12時間が３６０度に分割されていて、12時間という時間が視覚的に一望されます。それは実は時間じゃない。時間についての視覚像に過ぎません。

どちらかに決めない

僕が合気道を通じて習得してきたのは、そういう視覚優位の世界で触覚や聴覚を優位にして空間を分節し、時間を分節するという技術ではなかったかと思います。

稽古をしていると、「真偽・当否・善悪・美醜」というような二項対立でものごとを把握するのがずいぶん不自由なことに思えてくる。

真でもあり偽でもあるということってあるじゃないですか。ある場合には善だが、条件が変わると悪になるとか。見方を変えると美しかったり、醜かったりするということだってある。

だから、どちらかに決めるということができない。したくない。

それよりは、色の濃淡とか、密度の差とか、温度差というようなアナログな、グラデーションの違いのほうが気になる。

例えば政治的な問題について「AかBか、どちらがいいですか」というような問いをつきつけられても、「う〜ん、どちらかには決め難いなあ。その中ほどがいいんじゃないですか」というようなことばかり言うようになる。

気がつくと、何についても、「湯加減」とか「さじ加減」とか「いいあんばい」とかいう言い方ばかりしている。

どんな話題についても、「いいから話をシンプルにしてくれ。良いか悪いかどっちなんだ」という人が今の世の中、ほんとうに多いですけれど、それは「子どもの言い分」です。複雑なものは複雑なまま扱うのが大人の作法だと僕は思っています。複雑な話を単純な二項対立に縮減せず、複雑なものは複雑なまま取り扱って、「なんとかする」。そういうことができるということを僕は合気道の修行を通じて学び知りました。

その技術を会得して、「自分でもできるようになった」わけではありません。けれども、そういう技術が存在するということは知りました。知らなければ努力のしようがないけれど、知れば、とにかくやることがある。

これから死ぬまであと何年残されているのかわかりませんけれど、若い人たちが、これからの時代を少しでも自由に、気分よく、生きられるように、自分にできる限りのことをしたいと思っています。

1966年の日比谷高校［その3］

友を失うということ

僕は結局69年の京大入試に失敗して、新井くんと吉田くんは京大に進んだ。新井くんは翌年東大を受け直して東京に戻ってきたが、吉田くんとはそれきりになった。

次に会ったのは本郷の仏文科だった。

1年浪人、1年留年した僕が本郷の仏文科の3年生に進学したときに、吉田くんが修士課程に進学してきた。本郷の銀杏並木で遠くから僕をみつけた吉田くんはにっこりと微笑んで、「やあ、ひと足お先に来ました」と挨拶をした。

京都ではどうだったのという僕の質問に、大学がストとロックアウトでずっと授業がなかったからその間フランス語を勉強していたらフランス語がすっかり得意になっちゃって、と答えてくれた（そういうことを言ってもぜんぜんいやみに聞こえない人なのだ、彼は）。

僕は大学のストで授業がないときには、どうにかしてもっと授業のない日を続けたいものだとヘルメットをかぶってキャンパスを走り回っていたので、僕の駒場のフランス語の成績はオールCで、その年仏文に進学した30人の中で一番できない学生だった。

優等生と劣等生の会話だったけれど、吉田くんはそういうときに「内田くんも勉強がんばれば」というようなことは絶対に言わない。「内田くんはいつも楽しそうで、いいね」と手を振って去っていった(もちろん、彼はほんとうにそう思っていた)。

次に吉田くんの消息を聞いたのは新井啓右くんが死んだ後に編まれた追悼文集においてだった。惜しいことに、彼は東大法学部の助手のとき27歳で急逝した。留学先のフランスから吉田くんが寄せた追悼文はほとんど「慟哭」というのに近いものだった。

僕はそれを読んで、吉田くんもまた新井くんという「原器」をつねに意識しながら自分の立ち位置やスタイルを決めていたということを知った。

それぞれが書いた追悼文を読んだ後に、吉田くんと僕の間の距離は急速に縮まったような気がする。

かけがえのないたいせつな友人が死んだ後に残されたものには責務がある。それは死者が占めていた場所を「誰によっても埋めることのできない空虚」として、精神的な「永久欠番」のように保持しておくことだ。

「もし、新井くんがいたら、この仕事をどう評価するだろう?」「もし、新井くんだったら、こういう場面でどういう判断を下すだろう?」そういった問いは新井くんの死後もしばしば僕を訪れた。おそらく吉田くんの場合はそれ以上だったろうと思う。

その「失われた友人の記憶を保存する」という誰にも代替できない仕事が自分には課せられているという責務の感覚が、それから後の僕と吉田くんの間の目に見えない結びつきをかたちづくっていたように思う。

僕たちには、新井くんを記憶する責任、彼がもう存在しないことがどれほどの損失であったかを痛感し続ける責任がある。たぶん二人ともそんなふうに考えていたのだろうと思う。一度も吉田くんにそのことを確認したことはないけれど、そういうことは言わなくても、わかる人にはわかる。

彼がフランス留学中に患った宿病で苦しみながら、ほとんど「軽々と」国際的な水準の研究業績を上げ、大学での学務をこなし、幸せな家庭生活を営んでいることに誰しもが驚嘆したけれど、僕は「吉田くんらしいな」と思ってそれを見ていた。

数年前、飛行場の荷物受け取り場で彼とたまたま隣り合わせたことがあった。「最近どう、元気？」という僕の質問に、彼は「いろいろ頼まれるんだけど、『育児と闘病で忙しいんです』というと、たいていの仕事は断れるんだ」と破顔一笑した。自分の病気をジョークにできるすこしブラックなユーモアの感覚は僕にはなじみ深いものだ。

2004年の夏休みに僕は京大の文学部で集中講義をしていた。教室に行くためにエレベーターに乗っていたら、ドアが開いて吉田くんが乗ってきた。

「あれ、内田くんどうしてここにいるの?」

「集中講義をしてるんだよ」

「道理で、いくら家に電話しても君がつかまらないはずだよ」

彼が僕を探している間、彼の研究室の1階上の部屋で僕は毎日お茶を飲んでいたのである。

彼の頼みは札幌で行われる秋の学会のワークショップで彼が司会をするセッションのパネリストとして出てくれないかということだった。

もちろん僕に古い友人の頼みを断れるはずがない。

セッションは吉田くんが司会で、京大の多賀茂さんと僕がパネラーで、テーマは「文学と身体　規範と逸脱」というものだった。多賀さんが「怪物と奇形」の話をして、僕が「身体と時間」の話をして、吉田くんが「舞踏と文学」の話をした。かなりばらばらな発題だったけれど、司会の吉田くんのみごとな手綱さばきで、ちゃんと話は着地した。

このセッションが考えてみると吉田くんとの生涯でたった一回の学術的な共同作業だった。

ワークショップの後、キャンパスで吉田夫妻と同行の院生諸君に追いついて、クラーク博士の像の前でツーショットの写真を撮った。これが僕と吉田くんが同じフレームに納まっているたった一枚の写真である。

その後、一緒に札幌駅のレストランで食事をした。僕の暴走的トークに吉田くんがぴしりとクリスプなコメントを挟むという「いつものスタイル」で話が弾んだ。

その日、札幌駅頭で「じゃ、またね」と手を振って別れたのが吉田くんと会った最後になった。

大学院時代からの研究仲間や同僚たちに比べると、僕が吉田くんと過ごした時間はごく短い。僕よりずっと吉田くんの人間性について熟知している友人がたくさんおられるだろう。

でも、僕と吉田くんが共有していたものは、1966年から69年まで日比谷高校にいたひと握りの少年たちにしかわからない種類のものだ。それは人格的には二人の共通の友人であった新井啓右くんの存在と彼からそれぞれが受けた影響に集約される。

僕たちは少年のころにひとりの得難い友人に出会い、彼の存在の大きさと彼を失ったことの重さをずっと心の中に抱え込んできた。同じものを失った「遺族」の欠落感が吉田くんと僕を結びつけてきた。そういうかたちの友情というのもある。

今、また一人の古い友人を僕は失った。彼の死は、彼のことをいつまでも記憶にとどめ、彼の不在を痛みとして感じ続ける人々を後に残すことになる。

そのような仕方で、レヴィナス風に言えば、「存在するとは別の仕方で」、死者は僕たちに触れ続けるのだと僕は思う。

（2006年12月18日）

非　日　常　写　真　館

1961年ころ、荻窪の
祖父母の家の前にて。
ころころ太っていた。

1963年3月、大田区立東調布第三小学校を卒業。手島晃先生と。私と平川克美くんの恩師である手島先生は書家でもあって、卒業に際して私に「茨」と一字したためた色紙を下さった。私はそのとき「これから僕の人生はイバラの道なのかしら」と思って緊張したのであるが、長じて実は「私が他の人々にとってのイバラである」ということがわかった。さすが恩師は炯眼。

1963年4月、大田区立矢口中学校に入学。中学校ではこの感じのまま3年間「よい子」で通したために、疲れ果て、高校入学と同時に「怒濤のボンクラ化」に突入することになるのであるが、まだその気配は感じられない。

1963年元旦、兄・徹くん（14歳）と、大田区下丸子の自宅居間にて。仲の良かった兄も2016年に亡くなった。

小学校のクラスメートたちと。私は前列左。私の後ろが平川克美くん。のちのビジネスパートナーであり、生涯にわたる盟友となった。

両親と自宅前にて。受験勉強ばかりしていたせいで、なんか屈託している。父は2001年に、母は2015年に亡くなった。下丸子時代の内田家のことを記憶しているのはもう私一人になった。

1967年秋、日比谷高校校庭にて、同級生たちと。家を出て、お茶の水の「ニューポート」で働いていたころ。学校に来ても授業には出ず、悪い子たちと遊んでいた。

1970年10月駒場祭にて。後ろ向きで私と話しているのは、故・金築寛。気分のよい男だったけれど、このしばらくあとに党派の内ゲバで殺された。

1975年、遊んでばかりいた自由が丘時代。『アメリカン・グラフィティ』を観たあとで、リチャード・ドレイファスの恰好の真似をしているのである。

1977年2月1日、渋谷の百軒店でアーバン・トランスレーションを起業。創立メンバーの四人。左端が社長の平川くん。右端が私。起業したはいいけれど、先ゆきが見えず、みんなずいぶん緊張した顔をしている(実際には経済成長の波にのって毎月売り上げが倍になるという順調な経営で、すぐにオフィスも移転し、社員も増えた)。

娘と。『ユリイカ』を持っているのは、エッセイが掲載されたため。雑誌に寄稿して原稿料をもらったのは、これがはじめてだったと思う。

あとがき

みなさん、こんにちは。内田樹です。

今回はなんと「自叙伝」です。もうそんなものを書くような年齢になったんですね。前に『内田樹による内田樹』（140B、2013／文春文庫、2017）という本で自著の解説ということをしたことがあります。そのときも、企画を持ち込まれて、自分の著作について通史的に解説ができるくらい本を書いたのか……と驚きましたが、今回はいよいよ『私の履歴書』です。そういうのはだいたい「功成り名遂げた」人が「ははは、わしも若い頃はずいぶん苦労もしたし、やんちゃもしたもんだよ」と縁側で渋茶を啜《すす》りながら語るもので、僕にはまだまだ縁遠いものだと思っていました。

最初に企画を持ち込んできたのはNewsPicksというウェブマガジンです。半生を回顧するロング・インタビューをしたいと言ってきました。そう聞いたときは驚きましたけれど、よく考えてみれば僕も齢古希に近く、もう父も母も兄も亡くなり、親しい友人たちも次々と鬼籍に入る年回りになったわけですから「古老から生きているうちに話を聞いておこう」という企画が出てきてもおかしくはありません。

というわけで、このロング・インタビューでは年少の聴き手相手に「あんたら若い人は知らんじゃろうが、昔の日本ではのう……」と遠い目をして思い出話を語る古老のスタンスを採用してみました。１９６０年代の中学生、高校生が何を考え、どんな暮らしをしていたのかについては、同世代の作家たち（村上春樹、橋本治、関川夏央、浅田次郎などのみなさん）が貴重な文学的証言を残しておられますけれど、それらはやはりフィクションとしての磨きがかかっていまして、実相はもっと泥臭く、カオティックで、支離滅裂です。あの時代について、これから若い人たちが何か調べようとしたときに、少しでも「時代の空気」を知る上で役に立つ証言ができればいいかなと思って、インタビューではお話をしました。

そう言えば、僕よりちょっと年長だと、椎名誠さんの『哀愁の町に霧が降るのだ』（小学館文庫）がありますね。これは１９５０年代末の「時代の空気」についてのとても貴重な記録だったと思います（これに類するものを僕は他に知りません）。本書も椎名さんより少し年下の人間が書いた60年代終わり頃の『哀愁の町』のようなものと思って読んでいただけたらうれしいです。

NewsPicksのロング・インタビューがネットに上げられてしばらくしてから、マガジンハウスの編集者の広瀬さんから「単行本にしたい」というオッファーがありました。インタビューだけでは分量が足りないので、かなり加筆する必要があります。そこで、家のパソコンのハードディスクをサルベージして、「昔の話」をしている原稿を探し出し、それを切り貼りして、もとの原稿を膨らませることにしました。日比谷高校の頃の友人たちについて書いたエッセイもそのときに掘り起こしたものです。これは広瀬さんが一読して、これだけ独立したコラムとして本文中に配分しましょうと提案してきたので、そういうかたちになりました。

編集されたものを改めて通読してみて思ったことは、最後のほうにも自分で書いてましたけれど、僕って、「人生の分岐点」がまるでない人間なんだということでした。あのとき「あっちの道」に行っていたら、ずいぶん僕の人生が変わっていただろうなあ……という気がさっぱりしないのです。仮想的には、いろいろな「自分」があり得るわけです。東大を落ちて早稲田に行った自分、大学院を落ちてアーバンの専従になっていた自分、就職が決まらなくて（やっぱりアーバンに戻って）編集の仕事をするようになった自分、神戸女学院大学じゃない大学に採用された自分、別の女の人と結婚していた自分……いろいろな岐路があり得たわけですけれど、どの道を行っても、この年になったら、やっぱりいまの自分の「瓜二つ」の人間になっていたんじゃないかという気がします（なったことがないので、あくまで「気がする」だけですけれど）。

「自分らしさ」という言葉が僕はあまり好きじゃないのですが、それでもやはり「自分らしさ」というのはあると思います。ただ、それはまなじりを決して「自分らしく生きるぞ」と力んで創り出したり、「自分探しの旅」に出かけて発見するようなものじゃない。ふつうに「なんとなくやりたいこと」をやり、「なんとなくやりたくないこと」を避けて過ごして来たら、晩年に至って、「結局、どの道を行っても、いまの自分と瓜二つの人間になっていたんだろうなあ」という感懐を抱く……というかたちで身に浸みるものではないかと思います。

前に「強い現実」と「弱い現実」ということを考えたことがありました。

例えば、僕が公募33校目の神戸女学院大学の採用面接にも落ちたとします（これはかなり蓋然性の高い仮定です）。その場合は、40歳で助手を辞めて、平川くんと始めた会社に戻るつもりでいました。そこで編集出版の仕事に就いて四半世紀ほど働いたとして、今頃僕はどうなっていたでしょう。たぶん65歳くらいまで働いて退職した後、自由が丘か奥沢あたりの３ＬＤＫのマンションで暮らして、合気道の稽古をしたり、趣味でフランス文学の翻訳をしたり、エッセイのようなものをブログに書いていたり、友だちと温泉に行って麻雀やったりしていたと思います（今とほとんど変わらないです）。

その場合、その自由が丘あたりのマンションの書斎の本棚にある本と、凱風館のいまの僕の書斎の本棚にある本には相当数の「同じ本」がかぶっているはずです。いま僕の書斎には1万冊くらいの本がありますけれど、そのうちのたぶん千冊くらいは仮想世界の僕が住んでいる部屋にもある。僕はどういう生き方をしても、この年になったときに手元の書架に並んでいるはずの書物を、僕にとっての「強い現実」だと見なします。どんな人生を選択しても変わることのない僕の選書傾向がある。人生の岐路で僕が進んでいった先にあるすべての仮想世界において、僕は何百冊かは今と同じ本を書架に並べている。そういう本を読んでいる僕が「自分らしい僕」です。

逆に、大学教員になっていたらまず読まなかったはずの本が自由が丘の部屋（想像しているうちにこのマンションのありさまがだんだんリアルに思えてきましたよ）の書架にはあるはずです。それらの本は僕にとって「弱い現実」です。もしそれらを面白がって読んでいる僕がいるとしたら、それは「自分らしくない僕」です。

それくらいの「強い弱い」の区別を現実についてもできるんじゃないかと僕は思い

ます。

「弱い現実」というのは、「入力の違いがあれば、現実化していなかったもの」のことです。「強い現実」というのは「かなり大きな入力変化があっても今と同じようなものとして現実化しているもの」のことです。それがその言葉の本来の意味での「自分らしさ」ということではないかと思います。

さて、そこでぜひ強調したいのは、「自分らしさ」が際立つのは、「なんとなく」選択した場合においてです。とくに計画もなく、計算もなく、意図もなくしたことにおいて「自分らしさ」は鮮やかな輪郭を刻む。そういうことではないでしょうか。


この本を読んだ皆さんは、僕がほとんど計画性のない人間であるということはよくおわかりいただけたと思います。人生を通じて絶対にこれだけは実現したいとか、これだけは達成したいとかいう目標を僕は持ったことがありません。いつも「なんとなく」です。

僕がこれまでした仕事はほとんど誰かに「内田ちょっと、これやってくれない?」と頼まれて「うん、いいよ」と深い考えもなしに引き受けた仕事です。自分から「ぜひやらせてください」と頼み込んだ仕事によって年来の計画が実現して、人生が一変した……ということが僕の身には一度も起きたことがありません。いつも「頼まれ仕事」が転機になりました。「そんな仕事、僕にできるかな（したことないし）」と思いながらも、「他にやる人がいないなら、僕がやってもいいよ」と引き受けたことがきっかけになって、予測もしなかった繋がりが成立し、自分が蔵していた思いがけない潜在的な資質を発見した……そういうことを半世紀続けて来ました。

でも、この「なんとなく」にはどうやら強い指南力があるらしい。磁石の針がふらふらしながらきちんと北を指すように、僕の「なんとなく」には義務感とか、恐怖心とか、功名心とかいうものが関与しません。「どうして？」と訊かれても、ただ、「なんとなく、これがやりたい」「なんとなく、それはやりたくない」としか答えようがない。でも、この「なんとなく」が指す方向には意外に「ぶれ」がない。そのことが半生を振り返って、よくわかりました。

ですから、最近では若い人を相手に話すときには、「決断するときに、その理由がはっきり言えることはどちらかというと選択しないほうがいい」ということをよく申し上げます。

入学試験の面接でも、就活の面接でも、ゼミ選択の面接でも、必ず「どうしてあなたはそのことをしたいと思うのか?」と訊かれます。それにすらすらと答えきれないとよい評点がもらえない。でも、これは違うんじゃないかなと僕は思います。自分がほんとうにしたいことについては「すらすら理由が言える」はずがないからです。だって、自分のすごく深いところに根ざしている衝動とか欲望とかに淵源があるものがそうそう簡単に言語化できるはずがないじゃないですか。「グローバル人材になって活躍したい」理由が「母親の干渉が耐えられないので、早く海外に逃げ出したい」ということだってあるし、「パンクなアーティストになりたい」理由が「堅物の父親が嫌っている職業に就いて煮え湯を飲ませたい」ということだってある。そういうことって、人前ではそう簡単には口に出せないし、そもそも自分自身それに気づいていないい。

もちろん、そういう理由で職業を選択するのは「あり」なんですよ。それでいいんです。でも、「どうしてですか?」と訊かれて、すらすらと言えるような理由ではない。それが「なんとなく」です。だから、「なんとなく」に従って生きるほうが「自分らしく」なれるよ。ということを最近は若い人たちにはよく言っています。

スティーブ・ジョブズがスタンフォード大学の卒業式に呼ばれて祝辞を述べたこと

があります。そのときにとてもよいことを言っています。

And most important, have the courage to follow your heart and intuition. They somehow already know what you truly want to become.

「いちばんたいせつなことは、あなたの心と直感に従う勇気をもつことです。あなたの心と直感は、あなたがほんとうはなにものになりたいのかをなぜか知っているからです」

僕もジョブズに１００パーセント同意します。たいせつなのは「勇気」なんです。というのは「心と直感」に従って（「なんとなく」）選択すると、「どうしてそんなことをするの？」と訊かれたときに、答えられないからです。エビデンスをあげるとか、中期計画を掲げるとか、費用対効果について述べるとか、そういうことができない。「だって、なんとなくやりたいから」としか言いようがない。でも、「なんとなく」やりたいことを実行するためには「勇気」が要ります。だって、周り中が反対するから。「やめとけよ」って。

「どうしてやりたいのか、その理由が自分で言えないようなことはしてはならない」というルールがいつのまにかこの社会では採用されたようです。僕はこんなのは何の根拠もない妄説だと思います。僕の経験が教えるのはまるで逆のことです。どうしてやりたいのか、その理由がうまく言えないけど「なんとなくやりたい」ことを選択的にやったほうがいい。それが実は自分がいちばんしたかったことだということは後になるとわかる。それが長く生きてきて僕が得た経験的な教訓です。さいわいスティーブ・ジョブズもこれに同意見でした。

「あなたがほんとうになりたいもの」、それが「自分らしい自分」「本来の自分」です。心と直感はそれがなんであるかを「なぜか（somehow）」知っている。だから、それに従う。ただし、心と直感に従うには勇気が要る。

僕がわが半生を振り返って言えることは、僕は他のことはともかく「心と直感に従う勇気」については不足を感じたことがなかったということです。これだけはわりと胸を張って申し上げられます。恐怖心を感じて「やりたいこと」を断念したことも、功利的な計算に基づいて「やりたくないこと」を我慢してやったこともありません。僕がやったことは全部「なんだかんだ言いながら、やりたかったこと」であり、僕がやらなかったことは「やっぱり、やりたくなかったこと」です。

というわけですので、この本はできたら若い方に読んでいただいて、「こんなに適当に生きていてもなんとかなるんだ」と安心してほしいと思います。僕と同年配の人が読んだら「なんだよ、ちゃらちゃら生きて楽しやがって。ふん」というような印象を抱くかもしれませんけれど。まあ、みんなに喜んでもらえる本を書くというのはそもそも無理なんですから、しかたないんですよね。

最後になりましたけれど、最初にロング・インタビューを企画してくれたNewsPicksさんと、それを膨らませて単行本にするという無謀な企画を思いついたマガジンハウスの広瀬桂子さんのご尽力にお礼を申し上げます。おかげでこんな本ができました。ありがとうございます。

２０１９年6月　内田樹

内田 樹（うちだ・たつる）
一九五〇年東京生まれ。武道家（合気道七段）。道場兼能舞台兼私塾「凱風館」館長。神戸女学院大学名誉教授。翻訳家。専門はフランス現代思想史。東京大学文学部卒業。東京都立大学大学院人文科学研究科修士課程修了。ブログ『内田樹の研究室』(http://blog.tatsuru.co)主宰。著書多数。

そのうちなんとかなるだろう

発行日　二〇一九年七月十一日　第一刷発行
　　　　二〇一九年七月三一日　第三刷発行

著　者　内田 樹
発行者　鉄尾周一
発行所　株式会社マガジンハウス
〒一〇四-八〇〇三　東京都中央区銀座三-十三-十
書籍編集部　☎〇三-三五四五-七〇三〇
受注センター　☎〇四九-二七五-一八一一
印刷・製本　凸版印刷株式会社

 ISBN978-4-8387-3059-9 C0095